Zebra 2

Arbeitsheft Sprache

Neubearbeitung von
Nina Alexy
Imke Bünstorf
Karin Eschenbach
Karin Schramm

Auf der Basis der Ausgabe von
Imke Bünstorf
Karin Eschenbach
Karin Schramm

Beratung von
Kerstin Ende

Ernst Klett Verlag
Stuttgart • Leipzig

Inhalt

Lern- und Schreibtipps

Sprechen – hören – schwingen

Groß oder klein?

Weiterschwingen

Inhalt

Wortbausteine

Ableiten

Nachschlagen

M Merkwörter

Hinweise zum Arbeitsheft

Die Tippkarten helfen dir bei deinen Aufgaben.
Sie sind im vorderen Umschlag. Du kannst sie ausklappen.
Zu diesen Kapiteln gibt es eine passende Tippkarte:

Sprechen – hören – schwingen	**Groß oder klein?**
Weiterschwingen	**Wortbausteine**
Ableiten	**Nachschlagen**

Bei schreibst du Aufgaben in dein Schreibheft:

1. Beginne immer mit dem Datum.

   8.9.20...

2. Notiere danach die Seite und die Aufgaben.

   B: S. 12 Nr. 2

   B steht für Ballonheft.

3. Die Schreibhilfe zeigt dir, wie du die Aufgabe lösen sollst.

   B: S. 12 Nr. 2
   P: Papa, Palme, Puppe

4. Die Abkürzung z.B. heißt zum Beispiel. Hier gibt es verschiedene Lösungen.

   B: S. 14 Nr. 4 z.B.
   Wir backen einen Kuchen.

Abschreiben

Wörter abschreiben

1 Schwinge das Wort.
Merke dir schwierige Stellen.

2 Sprich das Wort in Silben und schreibe es auswendig auf.

3 Vergleiche. Verbessere Fehler.

Texte abschreiben

1 Lies den ganzen Text.

2 Lies die ersten Wörter.
Merke dir schwierige Stellen.

3 Schreibe diese Wörter auswendig auf.

4 Schreibe so den ganzen Text ab.

5 Vergleiche. Verbessere Fehler.

Lern- und Schreibtipps

Wörter üben

Schleichdiktat

1 Lege den Text in einiger Entfernung hin.

2 Schleiche zum Text. Merke dir die ersten Wörter.

3 Schleiche zu deinem Platz. Schreibe die Wörter auf.

4 Schreibe so den ganzen Text ab.

5 Vergleiche. Verbessere Fehler.

Partnerdiktat

1 Diktiere deinem Partner Wörter.

2 Dein Partner schreibt die Wörter auf.

3 Siehst du einen Fehler, sage: „Stopp!“

4 Hilf deinem Partner, wenn er den Fehler nicht alleine findet.

5 Macht mit allen Wörtern so weiter.

6 Wechselt euch ab.

Name: Datum:

Sprechen – hören – schwingen

Das kann ich schon

- Schwinge die Wörter.
- Schreibe die Silben auf.
- Setze die Silbenbögen.
- Färbe die Königsbuchstaben.

○ **1** Setze die Silbenbögen. Färbe die Königsbuchstaben.

Schule

Tafel

Bücher

Kinder

○ **2** Ergänze die Königsbuchstaben. Setze die Silbenbögen.

Bl___m___

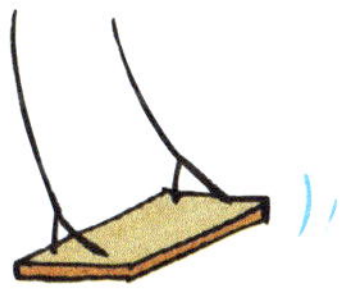

Sch___k___l

L___t___r

W___lk___

◒ **3** Schreibe die Wörter. Setze die Silbenbögen.

Name: Datum:

→ WB S. 4

Wörter mit B/b, G/g und D/d

Manche Laute klingen ähnlich. Sprich sie deutlich und höre genau:

G oder **K**?

Kei-ge? Nein! Gei-ge? Ja!

also: **G**eige.

○ **1** Ergänze den passenden Buchstaben.
Ein Wort passt nicht. Streiche es.

  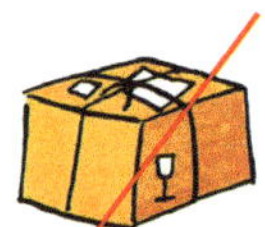 

B		B uch	B irne	~~P aket~~	B aum
	b	ge__en	hu__en	ha__en	schrei__en

G		__abel	__eld	__ind	__emüse
	g	sa__en	mor__en	Re__en	Schau__el

D		__ach	__ieb	__ose	__isch
	d	re__en	Win__er	schnei__en	fin__en

◒ **2** Schreibe jeweils die drei passenden Wörter auf.

B: S. 10 Nr. 2
B: Buch, Birne, Baum

Name: Datum:

Wörter mit bl, br, dr, gl und gr

○ **1** Sprich die Wörter deutlich.
Färbe **bl**, **br**, **dr**, **gl** und **gr**.

blau	bleiben	glatt
bringen	braun	grün
groß	draußen	blühen
drei	brauchen	drehen
gleich	grau	glänzen

○ **2** Schreibe die Wörter in die richtige Zeile.

bl:

br:

dr:

gl:

gr:

◒ **3** Schreibe die Wörter mit **Bl**, **Br**, **Dr** und **Gl** auf.

Name: Datum:

→ WB S. 5

Wörter mit P/p, K/k und T/t

Manche Laute klingen ähnlich. Sprich sie deutlich und höre genau:

g oder **k**?

Paget? Nein! Paket? Ja!

also: Pa**k**et.

○ **1** Ergänze den passenden Buchstaben.
Ein Wort passt nicht. Streiche es.

			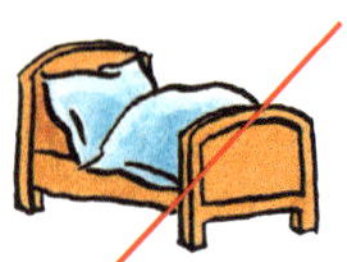	
P	P apa	P alme	~~B ett~~	P uppe
p	hu__en	ge__en	Rau__e	O__a

K	__eld	__uchen	__inder	__erze
k	Pa__et	Ban__	Vul__an	Ti__er

T	__asse	__ach	__eller	__orte
t	Win__er	rei__en	ba__en	hin__en

◒ **2** Schreibe jeweils die drei passenden Wörter auf.

B: S. 12 Nr. 2
P: Papa, Palme, Puppe

Name: Datum:

→ WB S. 6

Endung -er

Bei den Endungen **-er**, **-el** und **-en** kannst du das **e** schlecht hören.
Sprich diese Endungen deutlich: Mutt**er**, Himm**el**, back**en**.

○ **1** Sprich die Wörter deutlich.
Färbe die Endung **-er**.

aber	Messer	Feder	Oktober
Zimmer	Eimer	Käfer	Jäger
Bücher	Kalender	Leiter	Fenster

○ **2** Schreibe die Wörter auf.

B: S. 13 Nr. 2
aber, ...

◒ **3** Finde die Wortpaare.

Winter	Bruder	Feuer	Lehrer	Vater

__________ und Schüler

__________ und Mutter

__________ und Sommer

__________ und Schwester

__________ und Wasser

○ **4** Färbe die Endung **-er**.

◒ **5** Schreibe Sätze mit den Wörtern.

Name: Datum:

Endungen -el und -en

○ **1** Sprich die Wörter deutlich.
Färbe **-el** und **-en**.

Sessel	Ofen	schwimmen	Wagen
Himmel	gehen	Flügel	Enkel
schreiben	Nudel	fallen	Würfel

◒ **2** Schreibe die Wörter geordnet auf.

B: S. 14 Nr. 2
-el: Sessel, ...
-en: Ofen, ...

○ **3** Ergänze **-el** oder **-en**.

Vög____ flieg____

Gab____ ess____

Bär____ schlaf____

Pins____ mal____

Trän____ wein____

Kuch____ back____

◒ **4** Schreibe Sätze mit den Wörtern.

B: S. 14 Nr. 4 z. B.
Wir backen einen Kuchen.

Name: Datum:

Endungen -er, -el und -en

1 Ergänze -**er**, -**el** oder -**en**.

Vog___ frag___ Brud___ Amp___ mal___ schwimm___

Apf___ wasch___ Onk___ Käf___ Somm___ Dezemb___

2 Schreibe die Wörter geordnet auf.

B: S. 15 Nr. 2
-er: Bruder, ...
-el: Vogel, ...
-en: fragen, ...

3 Es passen immer zwei Endungen. Ergänze.

Haf___ Haf___ | Reg___ Reg___ | Zieg___ Zieg___

4 Schreibe mit jedem Wort einen Satz.

5 Ergänze -**er**, -**el** oder -**en**.

Ich will mit meiner Mutt___

einen Kuch___ back___.

Wir schneid___ vier Äpf___ klein.

Dann geb___ wir Mehl, Zucker und Ei___ hinzu.

Wir rühren alles mit einem großen Löff___ um.

Der Kuch___ muss nun in den Of___.

6 Suche Wörter mit -**er**, -**el** und -**en** in der Wörterliste.
Schreibe sie geordnet auf. Färbe die Endungen.

→ WB S. 7

Wörter mit Sch/sch am Wortanfang

Sprich Wörter mit **Sch/sch** deutlich.
Achte beim Schreiben auf den Laut nach **Sch/sch**:
Schlange, **schm**ecken, **schr**eiben.

○ **1** Ergänze **Schl-**, **Schm-**, **Schn-**, **Schr-** und **Schw-**.

 ____________ein

 ____________ee

 ____________ank

 ____________üssel

 ____________oss

 ____________etterling

○ **2** Setze die Wörter ein.

Ich hänge das Kleid in den ____________________.

Der ____________________ sitzt auf der Blume.

Der ____________________ steckt im ____________________.

Im Winter fällt oft ____________________.

Das ____________________ grunzt im Stall.

◒ **3** Ergänze **schl-**, **schm-**, **schn-**, **schr-** und **schw-**.

Ich ____________eibe meiner Oma eine Karte.

Das Eis ____________eckt sehr gut.

Er ____________eidet ein Bild aus.

Am Wochenende ____________afe ich bis 9 Uhr.

Kannst du schon ____________immen?

Name: Datum:

→ WB S. 8

Wörter mit St/st und Sp/sp am Wortanfang

Hörst du am Anfang eines Wortes *scht* oder *schp*, schreibst du **St/st** oder **Sp/sp**:

 *Schtern* **Stern**,  *Schpinne* **Spinne**.

○ **1** Sprich die Wörter deutlich. Färbe **st** und **sp**.

stinken	springen	sprechen	stehen
stolpern	spielen	staunen	spülen

○ **2** Schreibe die Wörter geordnet auf.

○ **3** Färbe **St/st** und **Sp/sp**.

Starke Spinnen springen zum Spaß
in sprudelnde Springbrunnen.

Der Staubsauger spuckt ständig
stinkende Staubwolken.

Sportliche Spanier stampfen stur zum Sprungturm.

Ein Specht und ein Spatz spazieren stolz
über eine Straße am Stadtrand.

◒ **4** Lest die Sätze schnell vor.

● **5** Schreibe weitere Sätze mit Wörtern mit **St/st** und **Sp/sp**.
Nutze die Wörterliste.

Name: Datum:

→ WB S.9

Wörter mit Ch/ch

Der Laut **Ch/ch** klingt in Wörtern unterschiedlich.
Sprich deutlich und vergleiche: Dra**ch**en, Mil**ch**, **Ch**or.

○ **1** Sprich die Wörter deutlich.

ch wie in Drachen

ch wie in Milch

ch wie in Chor

Chaos	Kuchen	Gedicht	euch
lachen	Christina	acht	Christbaum
Chlor	nicht	wichtig	doch

◒ **2** Welches **ch** klingt wie in Drachen, Milch oder Chor? Färbe.

○ **3** Trage die Wörter richtig ein.

ch wie in Drachen	ch wie in Milch	ch wie in Chor

◒ **4** Übt die Wörter als Partnerdiktat.

Name: Datum:

→ WB S. 10

Wörter mit ng und nk

○ **1** Setze das passende Wort ein.

Das Messer hat eine ______________________.

Die Tür hat eine ______________________.

Klinke
Klinge

○ **2** Färbe **ng** und **nk**.

○ **3** Ergänze **ng** und **nk**.

E_____el E_____el | si_____en si_____en

◒ **4** Schreibe mit jedem Wort einen Satz.

Reimwörter haben oft die gleichen Buchstaben (Reimbausteine) am Ende: **Berg** – Zw**erg**, **Witz** – Bl**itz**, **bleiben** – schr**eiben**.

◒ **5** Finde Reimwörter mit **ng** und **nk**.
Umrahme die Reimbausteine.

die St[ange]	die B[ank]
die Z	der Schr
die Schl	schl
ich f	kr
kl[ingen]	s[inken]
br	tr
s	w

Name: Datum:

→ WB S. 11

Das Abc (Alphabet)

Das Abc (Alphabet) besteht aus 26 Buchstaben:
A B C D E F G H I J K L M N O P Q R S T U V W X Y Z.
Wörterlisten im Wörterbuch oder Telefonbuch sind nach dem Abc geordnet.

○ **1** Trage links das Abc ein.

A und B und C,	im Sommer fällt kein Schnee.
___ und ___ und ___,	wer ist denn hier der Chef?
___ H ___ und ___,	ein Mus nennt man Kompott.
___ ___ M ___ O,	wir gehen in den Zoo.
P ___ ___ und ___,	mach' dir keinen Stress!
___ und U und ___,	jetzt wissen wir's genau.
___ X ___ und ___,	ich will noch lange nicht ins Bett.

○ **2** Lest das Gedicht in verteilten Rollen.

◒ **3** Schreibe das Gedicht ab.
Achte auf die Zeilen.

B: S. 20 Nr. 3
A und B und C,
im Sommer ...

○ **4** Welche Buchstaben fehlen hier?
Trage sie ein.

H	I	J
	X	
	M	
U		
		O
	F	

→ WB S. 12

Selbstlaute und Mitlaute

Die Königsbuchstaben **A/a, E/e, I/i, O/o** und **U/u** heißen Selbstlaute. Bei ihnen klingt nur der Laut selbst.

○ 1 Sprich das Abc mehrfach.

A B C D E F G H I J K L M N O P Q R S T U V W X Y Z

○ 2 Färbe die Selbstlaute.

○ 3 Schreibe sie in die Kronen.

Alle anderen Buchstaben heißen Mitlaute. Bei ihnen klingt immer ein Selbstlaut mit.

○ 4 Färbe die Mitlaute im Abc in Aufgabe 1 grün.

◒ 5 Schreibe die Selbstlaute und die Mitlaute geordnet auf.

Selbstlaute:

Mitlaute:

→ WB S. 13

Zwielaute

Zwielaute setzen sich aus zwei Selbstlauten zusammen:
Au/au, **Ei/ei** und **Eu/eu**.

○ **1** Färbe **au**, **ei** und **eu**.

Wir gehen heute Abend zu einem Feuerwerk. Dort treffen wir auch meinen Freund Paul und seine Schwester. Fast dreißig Leute sind schon da. Sie freuen sich und lachen laut.

○ **2** Schreibe die Wörter in die richtige Zeile.

au:

ei:

eu:

◒ **3** Ordne richtig zu. Färbe **Au/au** und **Ei/ei**.

Au/au	Ei/ei

Name: Datum:

→ WB S. 14

Umlaute 1

Die Buchstaben **Ä/a**, **Ö/ö** und **Ü/ü** heißen Umlaute.

○ **1** Färbe **Ä/ä**, **ö** und **ü**.

Der Apfelbaum hat im Frühling schön geblüht.
Im Herbst hängen viele grüne Äpfel am Baum.
Der Gärtner pflückt sie mit den Händen ab.
Schon zwölf Früchte hat er geerntet.
Kein Apfel hat Löcher. Bald sind seine Körbe voll.

○ **2** Schreibe die Wörter in die richtige Zeile.

Ä/ä:

ö:

ü:

◒ **3** Ergänze die Umlaute.

 T_____r

 L_____ffel

 L_____we

 K_____fig

 H_____te

 B_____r

 f_____nf

 K_____se

 K_____pfe

Name: Datum:

Umlaute 2

○ **1** Färbe **a/o/u** und **ä/ö/ü**.

Ball	Vögel
Vogel	Zöpfe
Zug	Bälle
Zopf	Züge

● **2** Was fällt euch auf?

○ **3** Verbinde die Wortpaare.

○ **4** Schreibe die Wortpaare auf.

B: S. 24 Nr. 4
Ball - Bälle, ...

○ **5** Ergänze die Wörter.

 ein Buch  viele Bücher

 eine Hand 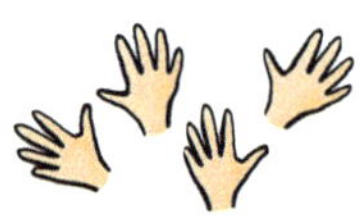 viele

 ein Topf  viele

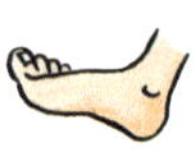 ein Fuß 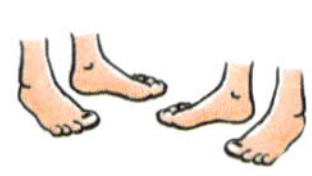 viele

○ **6** Färbe **a/o/u** und **ä/ö/ü**.

◒ **7** Schreibe die Wörter wie im Beispiel auf.

B: S. 24 Nr. 7
das Glas - die Gläser, ...

Glas | Turm | Kopf | Blatt | Korb | Hut

Name: Datum:

Wörter mit ü, ö und i

1 Sprich die Wörter deutlich.
Färbe **ü**, **ö** und **i**.

Küche	Körbe	Kirsche	Tüte
Tisch	fünf	Schlösser	Wörter
Nüsse	zwölf	Licht	bringen

2 Ergänze den passenden Buchstaben.
Ein Wort passt nicht. Streiche es.

ü	M_ü_tze	W_ü_rfel	Bl_ü_te	~~P_i_nsel~~

i	K__nd	L__we	W__nd	H__mmel

i	B__rne	M__lch	Br__cke	B__ld
ö	b__se	__mmer	sch__n	h__ren

3 Schreibe jeweils die drei passenden Wörter auf.

B: S. 25 Nr. 3
ü: Mütze, Würfel, Blüte

Name: Datum:

Selbstlaute, Umlaute und Zwielaute

Sprechen – hören – schwingen

- Sprich deutlich und höre genau.
- Schwinge die Silben.
- Jede Silbe hat einen Königsbuchstaben.

Banane

AEIOU Selbstlaute | ÄÖÜ Umlaute | Au Ei Eu Zwielaute

- Schwinge die Silben.
  Achte auf die doppelten Mitlaute.
- Nach einem kurzen Selbstlaut steht meist ein doppelter Mitlaut.

Kanne essen Lippe

Sprechen – hören – schwingen

- Sprich deutlich und höre genau.
- Schwinge die Silben.
- Jede Silbe hat einen Königsbuchstaben.

Banane

A E I O U Selbstlaute

Ä Ö Ü Umlaute

Au Ei Eu Zwielaute

○ **1** Setze die Silbenbögen.

Ampel	Montag	Hose	lesen
Käse	Auto	reiten	Türme

○ **2** Färbe die Selbstlaute, Umlaute und Zwielaute.

● **3** Was stellst du fest?

○ **4** Schreibe die Wörter. Setze die Silbenbögen.

○ **5** Färbe die Selbstlaute und Umlaute.

Name: Datum:

→ WB S. 15

Lange Wörter schwingen und schreiben

Mache bei langen Wörtern nach jeder Silbe eine Schreibpause:

Scho – ko – la – de.

○ **1** Sprich die Wörter deutlich.
Schwinge und schreibe wie im Beispiel.

Kin gen der wa

Kinderwagen

Fuß schu he ball

zap Tan fen nen

nen na le Ba scha

ma To sa lat ten

fon hö le rer Te

◒ **2** Übe die Wörter als Schleichdiktat.

● **3** Schreibe weitere lange Wörter auf.

Zebrastreifenmuster

Name: Datum:

Kurzer oder langer Selbstlaut

kurz ·	lang –
wie ein Fingertipp	wie ein Gummiband

nass	Nase

○ **1** Setze die Silbenbögen.
Färbe den Selbstlaut in der ersten Silbe.

Tasse	Regen	Bruder	Rock
Nase	Tochter	Dose	Wetter
Schule	Garten	Lampe	Boden
Sonne	Nebel	Schere	Hemd

◒ **2** Klingt der Selbstlaut kurz oder lang?
Markiere · oder –.

○ **3** Schreibe die Wörter geordnet auf.

● **4** Ergänze weitere Beispiele aus der Wörterliste.

B: S. 28 Nr. 3

kurzer Selbstlaut	langer Selbstlaut
Tasse	Regen

Name: Datum:

Lange Selbstlaute

○ **1** Setze die Silbenbögen.
Färbe den Selbstlaut in der ersten Silbe.

u	 Blume	 ~~Mutter~~	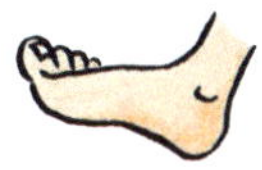 Fuß	 Kuchen
u	 Buch	 Hut	 Mund	 Pudel
e	 Schere	 Fenster	 Feder	 Besen
o	 Sofa	 Vogel	 Hose	 Wolke
a	sagen	malen	fragen	passen

◒ **2** Klingt der Selbstlaut kurz oder lang?
Markiere · oder –.
Streiche das Wort mit dem kurzen Selbstlaut.

◒ **3** Schreibe jeweils die drei passenden Wörter auf.

B: S. 29 Nr. 3
u: Blume, Fuß, Kuchen

Name: Datum:

→ WB S. 16

Wörter mit ie

Klingt das **i** in einem Wort lang, schreibst du meist **ie**:
Bi**e**ne, schi**e**ben, vi**e**r.

○ **1** Setze die Silbenbögen. Färbe **ie**.

spielen	lieben	Ziege	Papier
nie	fliegen	Briefe	Dienstag
Wiese	Tiere	Diebe	Stiefel

◒ **2** Setze die Wörter passend ein.

siegt friert liegt spielt

Im Winter ______________ Franz manchmal.

Papa ______________ sehr gern Schach.

Lea ______________ in der Hängematte.

Imke ______________ beim Tennis.

◒ **3** Lest die Sätze schnell vor.

Ziele nie mit Stiefeln auf schielende Stiere.

Wiegen vier Bienen so viel wie sieben Fliegen?

Die lieben Ziegen besiegen den fiesen Riesen.

○ **4** Färbe **ie**.

Name: Datum:

Reimwörter mit ie

○ **1** Verbinde jeweils die Reimwörter.

fliegen	Ziegel	Biene	die
Brief	siegen	Tier	Schiene
Spiegel	tief	wie	vier

○ **2** Schreibe die Reimpaare auf.

B: S. 31 Nr. 2
fliegen – siegen

◒ **3** Finde Reimwörter mit **ie**.
Umrahme die Reimbausteine.

Riese	schieben	Stier
W	s	Pap
d	l	h

Flieder	wiegen
w	l
L	Z

sie	viel
n	Sp
w	Z

● **4** Schreibe Reime.

B: S. 31 Nr. 4 z. B.
Auf der Wiese
schläft ein Riese.

Name: Datum:

Kurze Selbstlaute

○ **1** Setze die Silbenbögen.
Färbe den Selbstlaut in der ersten Silbe.

u	 Hund	 Puppe	 Mutter	 Blume
a	 Palme	 Tasse	 Gabel	 Kanne
o	 Sonne	 Torte	 Hose	 Wolke
i	bitten	Tiger	sitzen	nicht
e	lesen	Teddy	stellen	Wetter

◒ **2** Klingt der Selbstlaut kurz oder lang?
Markiere · oder –.
Streiche das Wort mit dem langen Selbstlaut.

◒ **3** Schreibe jeweils die drei passenden Wörter auf.

B: S. 32 Nr. 3
u: Hund, Puppe, Mutter

Name: Datum:

→ WB S. 17

Doppelte Mitlaute 1

Nach einem kurzen Selbstlaut/Umlaut steht oft ein doppelter Mitlaut: Mutter, Bälle, sollen, müssen.

○ **1** Setze die Silbenbögen.
Färbe die Selbstlaute/Umlaute in der ersten Silbe.

Schüssel   Lippe   Löffel   Hammer

Klasse   Sommer   Kette   Zimmer

◒ **2** Klingt der Selbstlaut kurz oder lang? Markiere · oder –.

● **3** Was stellst du fest?

○ **4** Färbe die doppelten Mitlaute grün.

◒ **5** Finde Reimwörter mit doppeltem Mitlaut.
Umrahme die Reimbausteine.

Futter   Wanne
M   K
B   T

Puppe   wollen
S   s

◒ **6** Klingt der Selbstlaut in der ersten Silbe kurz oder lang?
Markiere · oder –.

○ **7** Färbe die doppelten Mitlaute grün.

Name: Datum:

Doppelte Mitlaute 2

Sprechen – hören – schwingen

- Sprich deutlich und höre genau.
- Schwinge die Silben.
- Jede Silbe hat einen Königsbuchstaben.

Banane — A E I O U Selbstlaute — Ä Ö Ü Umlaute — Au Ei Eu Zwielaute

- Schwinge die Silben.
  Achte auf die doppelten Mitlaute.
- Nach einem kurzen Selbstlaut steht meist ein doppelter Mitlaut.

Kanne essen Lippe

- Schwinge die Silben.
  Achte auf die doppelten Mitlaute.
- Nach einem kurzen Selbstlaut steht meist ein doppelter Mitlaut.

Kanne essen Lippe

○ **1** Schreibe die Wörter.
Setze die Silbenbögen.

○ **2** Färbe die doppelten Mitlaute.

◒ **3** Schreibe Sätze mit den Wörtern.

◒ **4** Ergänze die doppelten Mitlaute.

Im So____er scheint die So____e hoch am Hi____el.

A____e Kinder re____en ins Wa____er.

Meine Mu____er und ich e____en ein großes Eis.

○ **5** Schreibe die Sätze ab.

Name: Datum:

Wörter üben

○ **1** Setze die Wörter passend ein.

sitzt | spielt | springt | liest

Tim ______________ mit seinem Freund Fußball.

Sein Bruder ______________ ein lustiges Buch.

Opa ______________ im Sessel.

Die Katze ______________ auf seine Beine.

○ **2** Setze **i** oder **ie** ein.

B___ld Z___ge s___ben Z___mmer W___se P___nsel

○ **3** Schreibe die Wörter geordnet auf.

i	ie

◒ **4** Übe den Zebratext.

Das Bild
Ben sitzt in seinem Zimmer.
Er malt mit dem Pinsel ein Bild.
Auf einer Wiese springen sieben Ziegen.

das **Bild** das **Zimmer** die **Wiese** die **Ziege** **sitzen**

Name: Datum:

Das kann ich schon

○ **1** Ergänze die fehlenden Buchstaben im Abc.

A B C ___ E ______ H I ___ K ______ N O ___ Q ______ T ___ V W ___ Y ___

○ **2** Färbe die Selbstlaute und die Mitlaute.

◒ **3** Ergänze die passenden Zwielaute.

 R ____ pe

 B ____ le

 Kl ____ d

 F ____ er

 S ____ fe

 M ____ s

○ **4** Schreibe die Wörter geordnet auf.

au	ei	eu

◒ **5** Finde Reimwörter. Umrahme die Reimbausteine.

Kanne	Klasse	Hose
Pf	K	D

◒ **6** Klingt der Selbstlaut in der ersten Silbe kurz oder lang?
Markiere · oder –.

○ **7** Färbe die doppelten Mitlaute.

Groß oder klein?

→ WB S. 18

Nomen

Wörter für Menschen, Tiere, Pflanzen und Dinge sind Nomen (Namenwörter). Du musst sie großschreiben.

○ **1** Erzählt zu dem Bild.

◒ **2** Schreibe die Wörter in die richtige Zeile.

Vater	Vogel	Bank	Jacke	Schwein	Mädchen
Baum	Oma	Rose	Gras	Katze	Zaun

Menschen: Vater

Tiere:

Pflanzen:

Dinge:

○ **3** Färbe die Anfangsbuchstaben.

◒ **4** Welche Tiere leben noch auf einem Bauernhof?
Schreibe sie auf.

→ WB S. 19

Artikel

Nomen haben Artikel (Begleiter): **der, die, das – ein, eine**:
der Hund – ein Hund, die Katze – eine Katze, das Pferd – ein Pferd.

1 Schreibe die Nomen mit ihren Artikeln auf.

Heft	das Heft – ein Heft
Tafel	–
Stift	–
Buch	–
Klasse	–
Lehrer	–

Vor ein Nomen kannst du immer einen **Artikel** setzen.

2 Färbe die neun Nomen.

LINEAL	BLATT	HANDY	LEXIKON
DAS	FÜLLER	AMPEL	COMPUTER
IST	UHR	RICHTIG	JUNGE

3 Schreibe die Nomen auf.

B: S. 38 Nr. 3
das Lineal – ein Lineal

→ WB S. 20

Einzahl und Mehrzahl

Die meisten Nomen können in der Einzahl und in der Mehrzahl stehen: der **Fisch** – die **Fische**.

1 Schreibe die Nomen in der Mehrzahl auf.

 der Tisch  die Tische

 das Kind 

 die Hose 

 der Hund 

 die Katze 

 das Brot 

2 Färbt die Artikel. Was fällt euch auf?

Von einem Nomen kannst du meist die Mehrzahl bilden.
Die Mehrzahl hat immer den Artikel **die**.

3 Färbe die neun Nomen.

ZEBRA	OHR	DU	SOHN
TANTE	KANNST	MEER	BETT
ES	IGEL	HERR	GARTEN

4 Schreibe die Nomen auf.

B: S. 39 Nr. 4
das Zebra – die Zebras

Name: Datum:

Nomen erkennen 1

A?a — Groß oder klein?

Groß schreibst du nur:
- Nomen (Namenwörter):
  Menschen, Tiere, Pflanzen, Dinge

  Mache die Nomenprobe:
  das Kind — die Kinder
  der Baum — die Bäume
  die Dose — die Dosen
- Satzanfänge:
  Ich hole mein Heft. Wo ist mein Bleistift?
  Nun fang an!

A?a — Groß oder klein?

Groß schreibst du nur:
- Nomen (Namenwörter):
  Menschen, Tiere, Pflanzen, Dinge

  Mache die Nomenprobe:

das Kind	die Kinder
der Baum	die Bäume
die Dose	die Dosen

1 Prüfe die Wörter mit der Nomenprobe.

Was ist es?		Nomenprobe
TULPE	☐ Mensch ☐ Tier ☒ Pflanze ☐ Ding	die Tulpe – die Tulpen
HAUS	☐ Mensch ☐ Tier ☐ Pflanze ☐ Ding	
MANN	☐ Mensch ☐ Tier ☐ Pflanze ☐ Ding	
EULE	☐ Mensch ☐ Tier ☐ Pflanze ☐ Ding	

2 Färbe die Anfangsbuchstaben der Nomen.

Nomen erkennen 2

1 Mache die Nomenprobe.
Zwei Wörter passen nicht. Streiche sie durch.

AUTO	das Auto – die Autos
BOOT	–
LEISE	–
BUSCH	–
MAMA	–
PFERD	–
BLEIBT	–
CHEF	–

2 Färbe die Anfangsbuchstaben der Nomen.

3 Färbe in jeder Zeile das Nomen.
Schreibe es richtig daneben.

LEHRER	UNSER	GLÜCKLICH	der Lehrer
GEHT	LANG	SCHLÜSSEL	
LÖFFEL	KRANK	SCHLÄFT	
SPIELT	ABER	MÄDCHEN	

4 Schreibe die Nomen mit der Mehrzahl auf.

B: S. 41 Nr. 4
der Lehrer – die Lehrer

5 Was fällt euch bei der Mehrzahl auf?

Name: Datum:

Sprachen vergleichen

1 Viele unserer Wörter stammen aus einer anderen Sprache.
Verbinde sie mit dem deutschen Wort.

Toilette · Song · Trikot · trainieren · Show · shoppen

Vorführung · Klo · einkaufen · Lied · Sporthemd · üben

2 Vergleicht die verschiedenen Sprachen.
Färbt jeweils die Gemeinsamkeiten.

 Deutsch	der Bus	die Lampe	der Fußball	die Banane
 Englisch	the bus	the lamp	the football	the banana
 Französisch	le bus	la lampe	le football	la banane

3 Ordnet die Wörter der richtigen Sprache zu.
Kennt ihr auch die passenden Flaggen?

1 danke	☐ Türkisch	☐ 
2 teşekkür	☐ Französisch	☐ 
3 merci	☐ Russisch	☐ 
4 spasibo	☐ Englisch	☐ 
5 thanks	☐ Deutsch	☐ 

→ WB S. 21

Satzanfänge

Am Satzanfang musst du großschreiben.
Am Satzende stehen Satzzeichen: **. ? !**
Beim Vorlesen machst du hier eine Pause.

1 Welchen Text könnt ihr besser lesen?
Kreuzt an und begründet.

☐ Die Kinder warten an der roten Ampel die Ampel wird grün nun können alle über die Straße gehen

☐ Die Kinder warten an der roten Ampel. Die Ampel wird grün. Nun können alle über die Straße gehen.

2 Färbe im rechten Text die Satzanfänge und die Zeichen am Satzende.

3 Wo macht ihr beim Lesen eine Pause?
Setzt dort einen Punkt.

Die Sonne scheint. Heute wird ein schöner Tag Die Kinder wollen mit dem Rad zur Eisdiele fahren Sie treffen sich um drei Uhr am Spielplatz Von dort fahren sie gemeinsam weiter Franz ist schon da

4 Ergänze die Satzanfänge.

F ranz schiebt sein Fahrrad über die Straße! __b die Autos anhalten werden? __lötzlich rast ein Auto über die rote Ampel. __um Glück ist nichts passiert. __ass trotzdem immer auf!

5 Färbe die Zeichen am Satzende.

Name: Datum:

→ WB S. 22

Aussagesätze

Die meisten Sätze sind Aussagesätze. Mit ihnen erzählst du etwas.
Nach einem Aussagesatz steht ein Punkt.

1 Schreibe Sätze. Setze am Satzende einen Punkt.

zwei Mädchen	Karten	spielen
einige Kinder	auf der Bank	lesen
der Hund	in einen Ball	beißt

2 Färbe die Satzanfänge und die Punkte.

3 Was machst du nach der Schule?
Schreibe Aussagesätze.
Färbe die Satzanfänge und die Punkte.

→ WB S. 23

Fragesätze

Mit Fragesätzen erfragst du etwas.
Viele Fragesätze beginnen mit Fragewörtern: **Wer ...? Was ...? Wie ...?**
Am Ende steht ein Fragezeichen.
Hier hebst du beim Vorlesen die Stimme.

○ **1** Färbe die Satzanfänge und die Fragezeichen.

Wer hat in der Pause mit dir gespielt?

Was habt ihr im Unterricht gemacht?

Welche Hausaufgaben haben wir auf?

Wie kann ich diese Aufgabe lösen?

◒ **2** Ergänze die Fragewörter und die Fragezeichen.

warum	wann	wo	wer	wie

__________ hat dich zum Arzt begleitet___

__________ geht es dir jetzt___

__________ darfst du wieder in die Schule___

__________ hast du Schmerzen___

__________ hast du nicht aufgepasst___

○ **3** Färbe die Satzanfänge und die Fragezeichen.

● **4** Stellt euch gegenseitig Fragen.

○ **5** Schreibe deine Fragesätze auf.

B: S. 45 Nr. 5 z. B.
Was liest du am liebsten?

→ WB S. 24

Aufforderungssätze

Nach Ausrufen setzt du ein Ausrufezeichen: **Hilfe!**
Auch nach einer Aufforderung steht ein Ausrufezeichen: **Halt!**
Diese Sätze sprichst du sehr bestimmt.

○ **1** Ordne die Ausrufe zu.

Feuer! ☐

Aua! ☐

Hurra! ☐

◒ **2** Schreibe Aufforderungssätze.

den Ball holen

die Aufgabe lösen

die Hausaufgaben machen

○ **3** Färbe die Satzanfänge und die Ausrufezeichen.

● **4** Schreibe weitere Aufforderungssätze.

Name: Datum: A?a

Satzarten 1

A?a Groß oder klein?

Groß schreibst du nur:

- Nomen (Namenwörter):
  Menschen, Tiere, Pflanzen, Dinge

  Mache die Nomenprobe:
  das Kind – die Kinder
  der Baum – die Bäume
  die Dose – die Dosen

- Satzanfänge:
  Ich hole mein Heft. Wo ist mein Bleistift?
  Nun fang an!

- Satzanfänge:
  Ich hole mein Heft. Wo ist mein Bleistift?
  Nun fang an!

● **1** Lest die Sätze mit passender Betonung vor.
Was fällt euch auf?

Tims Mama schimpft.	Tim macht Hausaufgaben.
Tims Mama schimpft?	Tim macht Hausaufgaben?
Tims Mama schimpft!	Tim macht Hausaufgaben!

◒ **2** Ergänze die Satzanfänge und die Satzzeichen.
Kreuze die passende Satzart an.

Wann gehen wir schwimmen _	☐ Aussagesatz ☐ Fragesatz ☐ Aufforderungssatz
_imm das Handtuch mit _	☐ Aussagesatz ☐ Fragesatz ☐ Aufforderungssatz
_ch gehe erst duschen _	☐ Aussagesatz ☐ Fragesatz ☐ Aufforderungssatz
_arum kommst du nicht zu mir _	☐ Aussagesatz ☐ Fragesatz ☐ Aufforderungssatz
_chneller _	☐ Aussagesatz ☐ Fragesatz ☐ Aufforderungssatz

Satzarten 2

1 Ergänze die Satzanfänge und die Satzzeichen.

Maria hat Geburtstag___

___ie wird acht Jahre alt___

___uf dem Tisch liegt ein Geschenk___

___as wohl in dem Paket ist___

___s ist ein Puppenhaus___ ___oll___

___ann kommen die Gäste___

2 Schreibe den Text ab.
Färbe die Satzanfänge und die Satzzeichen.

3 Verbinde zu Sätzen.

ihre Freundin Sina	dir gewünscht
sie schenkt	und puste ganz fest
auf dem Kuchen	brennen acht Kerzen
hol tief Luft	Maria ein Freundebuch
was hast du	kommt als Erste

4 Schreibe die Sätze auf.
Verbessere dabei die Satzanfänge.
Ergänze die Satzzeichen.

5 Färbe die Satzanfänge und die Satzzeichen.

Name: Datum:

Wörter üben

○ **1** Färbe die Nomen.

NUN	BALL	SPIELT	WEIL	ALS	HUND	FÄNGT
DARF	VOM	BAUM	SIE	STEIN	HOLT	MIT
JUNGE	WER	BALD	GARTEN	AUF	WINKT	WIESE

○ **2** Schreibe die Nomen mit der Mehrzahl auf.

der Ball – die Bälle

–

–

–

–

–

–

3 Übe den Zebratext.

Im Garten
Kai spielt Ball.
Da kommt sein Hund.
Der Junge wirft ihm den Ball zu.
Der Hund legt sich damit unter den Baum.

der Junge der Baum der Hund der Ball der Garten

Das kann ich schon

1 Ergänze die Artikel **der, die, das** und **ein, eine**.

___ Kuchen ___ Kuchen

___ Schüssel ___ Schüssel

___ Ei ___ Ei

___ Löffel ___ Löffel

2 Entscheide: Einzahl oder Mehrzahl?

die Gläser Mehrzahl | die Äpfel ___

die Pfanne ___ | die Beere ___

der Tee ___ | die Nüsse ___

3 Setze passende Fragewörter ein.

___ ist der Zucker?

___ heiß muss der Ofen sein?

___ sind die Kekse endlich fertig?

4 Verbinde mit der richtigen Satzart.

Wer backt mit mir Pizza?	Aussagesatz
Lass uns gleich anfangen!	Fragesatz
Zuerst kneten wir den Teig.	Aufforderungssatz

Weiterschwingen

→ WB S. 25

Nomen weiterschwingen 1

Hörst du am Ende eines Nomens **p, k** oder **t,**
dann schwinge es weiter. Bei Nomen bildest du die Mehrzahl:

Hun d/t ? – Hunde, also: Hun**d**.

○ **1** Schwinge die Nomen weiter.
Schreibe wie im Beispiel.

 Kin d/t –  Kinder, also: Kind

 Ber g/k –  ______, also: ______

 Bro d/t –  ______, also: ______

 Zwer g/k –  ______, also: ______

 Wal d/t –  ______, also: ______

 Wer g/k –  ______, also: ______

 Pake d/t – 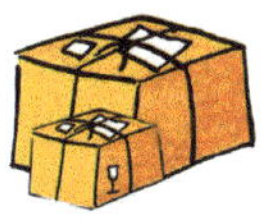 ______, also: ______

 Zu g/k –  ______, also: ______

 Sta b/p –  ______, also: ______

Name: Datum:

Nomen weiterschwingen 2

○ **1** Schwingt die Nomen weiter.

○ **2** Schreibe die Nomen auf.

B: S. 52 Nr. 2
Gräber, also: Grab

○ **3** Schwinge die Nomen weiter.
Ergänze die richtigen Buchstaben.

b oder **p**?	Sta b	Sie ___	Kor ___
g oder **k**?	Ber ___	Ta ___	Köni ___
d oder **t**?	Aben ___	Han ___	Mun ___

◒ **4** Übt die Wörter als Partnerdiktat.

○ **5** Färbe die richtigen Buchstaben.

Im Käfi **g/k** sitzt ein Vogel.

Das Hef **d/t** und der Stif **d/t** liegen auf dem Tisch.

Der Hun **d/t** fasst den Die **b/p** .

○ **6** Schreibe die Sätze auf.

B: S. 52 Nr. 6
Im Käfig sitzt ...

Name: Datum:

Nomen weiterschwingen 3

Weiterschwingen

- Wenn du am Ende eines Wortes **p**, **k** oder **t** hörst, dann schwinge weiter:

Die $\frac{b}{p}$ – Diebe, also: Dieb
Ber $\frac{g}{k}$ – Berge, also: Berg
er schrei $\frac{b}{p}$ t – schreiben, also: er schreibt
es wie $\frac{g}{k}$ t – wiegen, also: es wiegt
gesun $\frac{d}{t}$ – gesundes Obst, also: gesund
klu $\frac{g}{k}$ – kluger Hund, also: klug

Weiterschwingen

- Wenn du am Ende eines Wortes **p**, **k** oder **t** hörst, dann schwinge weiter:

Die $\frac{b}{p}$ – Diebe, also: Dieb
Ber $\frac{g}{k}$ – Berge, also: Berg

○ **1** Schwinge die Nomen weiter.
Färbe die richtigen Buchstaben.

Ein Elefan$\frac{d}{t}$ lag faul im San$\frac{d}{t}$.
Da kam ein rotes Pfer$\frac{d}{t}$ vorbei,
gab ihm die Han$\frac{d}{t}$ und fragte frei:
„Willst du in den Urlau$\frac{b}{p}$ reisen
und täglich wie ein Köni$\frac{g}{k}$ speisen?"
Der Elefant nahm seinen Hu$\frac{d}{t}$:
„Dein Vorschla$\frac{g}{k}$, der klingt wirklich gut."

Karin Schramm

○ **2** Schreibe die Wörter wie im Beispiel auf.

B: S. 53 Nr. 2
Elefanten, also: Elefant

◒ **3** Ergänze die fehlenden Wörter.

Der  Hund schläft im  __________.

Auf dem  __________ liegt ein  __________.

Das  __________ fährt mit dem  __________.

→ WB S. 26

Verben

Verben (Tunwörter) beschreiben, was Menschen, Tiere, Pflanzen und Dinge tun: **schreiben, fressen, blühen, fallen**.

○ **1** Was machen die Kinder? Ergänze die Verben. Färbe die Endungen.

schwimmen

◒ **2** Spiel eine Tätigkeit vor. Dein Partner soll sie erraten.

Name: Datum:

→ WB S. 26

Grundform von Verben

Verben haben eine Grundform.
Die Grundform endet meist auf **-en**: sag**en**, tanz**en**.

○ **1** Unterstreiche die Verben.

Ina schreibt eine Geschichte über Zebras.
Jan sucht Texte im Internet.
Serkan liest im Tierlexikon.
Franz malt ein Bild von sich.
Der Lehrer lobt das schöne Plakat.

◒ **2** Ergänze links die Verben.
Bilde rechts die Grundform. Färbe die Endungen.

Wer tut was?	Grundform
Ina schreibt.	schreiben
Jan ______.	
Serkan ______.	
Franz ______.	
Der Lehrer ______.	

◒ **3** Bilde die Grundformen. Färbe die Endungen.

du rufst – rufen
er steht – ______
es geht – ______
sie rennt – ______
ihr heißt – ______
ich fange – ______

Name: Datum:

→ WB S. 27

Verben verändern sich 1

Verben können ihre Form verändern.
Dann stehen sie in einer Personalform.
Achte auf die Endungen:

ich geh**e**	du geh**st**	er/sie/es geh**t**
wir geh**en**	ihr geh**t**	sie geh**en**

1 Ergänze die Tabelle.

	sagen	kommen	wohnen
ich	sage		
du			
er/sie/es			
wir			
ihr			
sie			

2 Färbe die Endungen.

3 Setze die Verben in der richtigen Personalform ein.

Franz baut ______ *(bauen)* einen Turm.

Ich ______ *(fahren)* mit meinem Rad.

Die Sonne ______ *(scheinen)* am Himmel.

Die Kinder ______ *(rennen)* auf den Hof.

Wir ______ *(haben)* heute Sport.

4 Färbe die Endungen.

Verben verändern sich 2

1 Schreibt ich, du, er/sie/es, wir, ihr, sie auf Karten.
Schreibt zehn Verben in der Grundform auf weitere Karten.
Spielt das Spiel.

2 Trage links passende Verben aus der Wörterliste ein.
Ergänze die Tabelle.

Grundform	Personalform	
arbeiten	ich arbeite	er arbeitet
f	wir	es
k	du	ihr
l	ihr	ich
r	sie	er
s	ich	wir
t	du	sie

3 Färbe die Endungen.

Name: Datum:

→ WB S. 28

Verben weiterschwingen 1

Verben schwingst du weiter, indem du die Grundform bildest:

er fra$\frac{g}{k}$t? – fragen, also: er fra**g**t.

○ **1** Schwinge die Verben weiter.
Schreibe wie im Beispiel.

sie blei$\frac{b}{p}$t – bleiben, also: sie bleibt

er flie$\frac{g}{k}$t – ______, also: ______

du le$\frac{b}{p}$st – ______, also: ______

er qua$\frac{g}{k}$t – ______, also: ______

sie zei$\frac{g}{k}$t – ______, also: ______

du rä$\frac{d}{t}$st – ______, also: ______

ihr lie$\frac{g}{k}$t – ______, also: ______

sie hu$\frac{b}{p}$t – ______, also: ______

er häl$\frac{d}{t}$ – ______, also: ______

● **2** Welcher Satz ist richtig? Erklärt und kreuzt an.

- ☐ Der Ritter träkt das Schilt.
- ☐ Der Ritter trägt das Schilt.
- ☐ Der Ritter träkt den Schild.
- ☐ Der Ritter trägt den Schild.

Name: Datum:

Verben weiterschwingen 2

Weiterschwingen

- Wenn du am Ende eines Wortes **p**, **k** oder **t** hörst, dann schwinge weiter:

Die $\frac{b}{p}$ – Diebe, also: Dieb

Ber $\frac{g}{k}$ – Berge, also: Berg

er schrei $\frac{b}{p}$ t – schreiben, also: er schreibt

es wie $\frac{g}{k}$ t – wiegen, also: es wiegt

gesun $\frac{d}{t}$ – gesundes Obst, also: gesund

klu $\frac{g}{k}$ – kluger Hund, also: klug

er schrei $\frac{b}{p}$ t – schreiben, also: er schreibt

es wie $\frac{g}{k}$ t – wiegen, also: es wiegt

○ **1** Schwinge die Verben weiter.
Färbe die richtigen Buchstaben.

ihr ü$\frac{b}{p}$t	du fra$\frac{g}{k}$st	ihr pfle$\frac{g}{k}$t	er schrei$\frac{b}{p}$t
es he$\frac{b}{p}$t	sie le$\frac{g}{k}$t	sie schlä$\frac{g}{k}$t	ihr tra$\frac{g}{k}$t

◒ **2** Bilde Sätze mit den Verben.

B: S. 59 Nr. 2 z.B.
Ihr übt für einen Test.

○ **3** Schwinge die Verben weiter.
Färbe die richtigen Buchstaben.

Der Löwe lie$\frac{g}{k}$t in der Sonne.

Der Affe he$\frac{b}{p}$t eine Banane auf.

Das Kaninchen blei$\frac{b}{p}$t lieber in seiner Höhle.

Der Schmetterling flie$\frac{g}{k}$t von Blüte zu Blüte.

Der Pandabär lie$\frac{b}{p}$t Bambusstäbe.

○ **4** Schreibe die Verben wie im Beispiel auf.

B: S. 59 Nr. 4
liegen, also: er liegt

Name: Datum:

→ WB S. 29

Adjektive

Adjektive (Wiewörter) beschreiben, wie Lebewesen oder Dinge sind:
Das Kind ist **lieb**. Die Sonne scheint **hell**. Die Maus ist **klein**.

○ **1** Welchen Gegenstand beschreibt Franz? ______________________

○ **2** Beschreibe einen Gegenstand auf dem Bild.
Dein Partner rät. Die Adjektive helfen dir:

rund	rot	weiß	blau	dick
braun	lang	gelb	klein	grün

◒ **3** Beschreibe weitere Gegenstände.
Verwende viele Adjektive. Dein Partner rät.

● **4** Suche Adjektive in der Wörterliste.
Schreibe damit Sätze.

B: S. 60 Nr. 4 z. B.
Meine Oma ist schön.

Name: Datum:

→ WB S. 29

Adjektive verändern sich 1

Vor Nomen bekommen Adjektive eine Endung:
ein gelb**er** Ball, eine groß**e** Tür, ein neu**es** Haus.

1 Bilde Wortgruppen wie im Beispiel.

laut
- ein Knall – ein lauter Knall
- ein Auto –

müde
- ein Baby –
- eine Katze –

neu
- ein Schüler –
- eine Hose –

2 Färbe die Endungen.

3 Bilde Wortgruppen wie im Beispiel.

groß  ein großer Wal

blau 

grün 

schnell 

4 Färbe die Endungen.

5 Suche Adjektive in der Wörterliste.
Bilde Wortgruppen.

B: S. 61 Nr. 5 z. B.
ein buntes Buch, ...

Name: Datum:

Adjektive verändern sich 2

1 Setze das passende Adjektiv ein.

Dornröschen war ein (klein / schön / böse) schönes ______ Kind.

Sie stach sich an einer (spitz / stumpf / klein) ______ Spindel.

Der (faul / mutig / krank) ______ Prinz küsste Dornröschen.

Sie erwachte aus ihrem (kurz / schön / lang) ______ Schlaf.

2 Färbe die Endungen.

3 Setze die Adjektive passend ein.

weich	kalt	klein	warm	spitz

Im Garten lebt ein kleiner ______ Igel.

Er hat ______ Stacheln.

Im Herbst baut er sich ein ______ Nest.

Dort verschläft er den ______ Winter.

Die ______ Sonne weckt ihn im Frühjahr.

4 Färbe die Endungen.

5 Schreibe Sätze mit den Adjektiven.

alt	leise	gut	hell

B: S. 62 Nr. 5 z.B.
Ein alter Koffer ...

Adjektive weiterschwingen 1

Weiterschwingen

- Wenn du am Ende eines Wortes **p**, **k** oder **t** hörst, dann schwinge weiter:

Die b/p	– Diebe,	also: Dieb
Ber g/k	– Berge,	also: Berg
er schrei b/p t	– schreiben,	also: er schreibt
es wie g/k t	– wiegen,	also: es wiegt
gesun d/t	– gesundes Obst,	also: gesund
klu g/k	– kluger Hund,	also: klug

gesun d/t	– gesundes Obst,	also: gesund
klu g/k	– kluger Hund,	also: klug

○ **1** Schwinge die Adjektive weiter.
Schreibe wie im Beispiel.

klu g/k	–	ein	kluger	Affe,	also: klug
muti g/k	–	ein	______	Ritter,	also: ______
bun d/t	–	ein	______	Kleid,	also: ______
star g/k	–	ein	______	Spiel,	also: ______
lie b/p	–	eine	______	Katze,	also: ______
run d/t	–	ein	______	Ball,	also: ______
gesun d/t	–	ein	______	Apfel,	also: ______
schrä g/k	–	ein	______	Vogel,	also: ______
ro d/t	–	ein	______	Auto,	also: ______
leich d/t	–	ein	______	Test,	also: ______

● **2** Wie habt ihr die richtige Schreibweise gefunden?

Name: Datum:

Adjektive weiterschwingen 2

1 Bilde Wortgruppen wie im Beispiel.

wil d/t  ein wildes Pferd

lie b/p 

har d/t 

kran g/k 

wei d/t 

fleißi g/k 

2 Schwinge die Adjektive wie im Beispiel weiter.
Färbe die richtigen Buchstaben.

Unser Ungeheuer

Sein Kopf ist brei d/t. – der breite Kopf

Die Augen strahlen gel b/p. –

Die Haare leuchten ro d/t. –

Seine Ohren sind run d/t. –

Die Zähne stehen schrä g/k. –

3 Schreibe die Sätze auf.

B: S. 64 Nr. 3
Sein Kopf ist breit.

Name: Datum:

Wörter üben

○ **1** Schwinge die Nomen weiter.

Ta g/k – ____________ Aben d/t – ____________

Han d/t – ____________ Kor b/p – ____________

○ **2** Schwinge die Verben weiter.

sie schlä g/k t – ____________, also: ____________

du hu b/p st – ____________, also: ____________

ihr le g/k t – ____________, also: ____________

er ü b/p t – ____________, also: ____________

○ **3** Schwinge die Adjektive weiter.

gel b/p – der ____________ Vogel, also: ____________

run d/t – der ____________ Turm, also: ____________

star g/k – der ____________ Franz, also: ____________

◒ **4** Übe den Zebratext.

Beim Tennis
Lena übt jeden Tag.
Sie schlägt viele Bälle über das Netz.
Die Bälle sind rund und gelb.
Danach legt Lena sie in den Korb.

der Tag | der Korb | legen | üben | rund | gelb

Name: Datum:

Das kann ich schon

○ **1** Färbe alle Grundformen.

du gehst	springen	rufen	er tanzt
trinken	wir turnen	sie ziehen	sehen
wir waschen	lesen	spielen	wir lachen

◒ **2** Schreibe die Grundformen in der ich-Form auf.

○ **3** Schreibe sechs Adjektive zu Franz auf.

◒ **4** Unterstreiche Nomen, Verben und Adjektive.

Das schnelle Auto rast über die kurvige Straße.

Eine weiße Katze klettert auf den hohen Baum.

Das schlaue Zebra rechnet schwierige Aufgaben.

Neugierige Kinder lesen spannende Bücher.

Name: Datum:

Wortbausteine

→ WB S. 30

Zusammengesetzte Nomen 1

Nomen kannst du zusammensetzen:
der **V**ogel, das **H**aus → das **V**ogel**h**aus.

Mit zusammengesetzten Nomen kannst du Dinge genauer beschreiben.
Der Artikel richtet sich nach dem zweiten Nomen.

○ **1** Schreibe das passende Nomen auf.

Apfelbaum
Tannenbaum

Apfelbaum

Baumhaus
Vogelhaus

Handschuh
Sportschuh

Schulbuch
Bilderbuch
Kochbuch

Wasserball
Fußball
Schneeball

Sonnenuhr
Spieluhr
Sanduhr

◒ **2** Bilde zusammengesetzte Nomen.

der Ball
der Computer
der Würfel
das Brett

das Spiel

das

◒ **3** Schreibe Sätze mit den Wörtern.

Name: Datum:

Zusammengesetzte Nomen 2

1 Bilde zusammengesetzte Nomen.

das Spiel

der Platz — der

das Feld

der Stein

die Straße

2 Bildet eine Nomen-Schlange.

Kindergarten | Gartentür | Türschloss | Schloss...

Wortbausteine

- Zusammengesetzte Nomen:
  der Honig, das Glas → das Honigglas
- Wörter einer Wortfamilie haben den gleichen Wortstamm:
  abschreiben, er schreibt, das Schreibheft.
- Achte bei Verben (Tunwörtern) auf die Endung:
  ich gehe, du gehst, er geht, wir gehen.
- Achte auf Vorsilben und Nachsilben:
  verkaufen, aufschreiben, Äuglein, Stühlchen.

Wortbausteine

- Zusammengesetzte Nomen:
  der Honig, das Glas → das Honigglas

3 Bilde zusammengesetzte Nomen.
Färbe wie im Beispiel.

der Sommer	der Regen	der Sommerregen
das Obst	die Torte	
die Kinder	das Rad	
das Ohr	der Ring	

4 Was fällt euch bei den gefärbten Buchstaben auf?

Name: Datum:

Wortfamilien 1

Wortbausteine

- Zusammengesetzte Nomen: der Honig, das Glas → das Honigglas
- Wörter einer Wortfamilie haben den gleichen Wortstamm: abschreiben, er schreibt, das Schreibheft.
- Achte bei Verben (Tunwörtern) auf die Endung: ich gehe, du gehst, er geht, wir gehen.
- Achte auf Vorsilben und Nachsilben: verkaufen, aufschreiben, Äuglein, Stühlchen.

- Wörter einer Wortfamilie haben den gleichen Wortstamm: abschreiben, er schreibt, das Schreibheft.

1 Umrahme den gemeinsamen Wortstamm.

Fahrer	wegfahren	Fahrrad	anfahren
Autofahrt	Fahrzeug	Schifffahrt	Vorfahrt

2 Umrahme die Wortstämme.
Ordne die Wörter zu.

das Kaufhaus	ich fliege	einkaufen	abfliegen
die Fliege	der Verkäufer	sie kauft	der Fliegenpilz

kaufen	fliegen

3 Schreibe Wörter aus der Wortfamilie **bauen** auf.

B: S. 69 Nr. 3 z.B.
aufbauen, ...

Name: Datum:

→ WB S. 31

Wortfamilien 2

Zu einer Wortfamilie gehören Wörter verschiedener Wortarten.
Sie werden ähnlich geschrieben:
Liebe, **Lieb**lingstier, ver**lieb**en, **lieb**.

1 Unterstreiche Nomen, Verben und Adjektive.

Schönheit	schön	verschönern
verspielt	abspielen	Spiel
ausmalen	Maler	malerisch
Lagerfeuer	anfeuern	feurig

2 Umrahme jeweils den gemeinsamen Wortstamm.

3 Welche Wörter gehören zur Wortfamilie **Sonne**?
Umrahme den gemeinsamen Wortstamm.

Sonnenhut	sonnengelb	Sommer
scheinen	Sonnenschirm	Sohn
Sonntag	Sonnenuhr	sonnig
besonders	Abendsonne	heiß

4 Schreibe die Wörter aus der Wortfamilie **Sonne** auf.

5 Schreibe Wörter aus der Wortfamilie **Regen** auf.

B: S. 70 Nr. 5 z. B.
regnen, Regenschirm, ...

→ WB S. 32

Endungen 1

Verben haben einen Wortstamm und eine Endung:
ich kauf**e** du kauf**st** er/sie/es kauf**t**
wir kauf**en** ihr kauf**t** sie kauf**en**.

1 Ergänze die Personalformen von **gehen**.

Franz geht ______ zum Ballett.

Ich ______ in den Garten.

______ du mit mir zum Bäcker?

Tim und Tina ______ zum Spielplatz.

______ ihr morgen ins Kino?

2 Färbe die Endungen.

3 Bilde die Personalformen von **lernen**.
Färbe die Endungen.

ich	lern	-e	ich lerne
du		-st	du
er/sie/es		-t	er/sie/es
wir		-en	wir
ihr		-t	ihr
sie		-en	sie

4 Schreibe die Personalformen von **malen** und **schreiben** auf.

B: S. 71 Nr. 4
ich male, ...

Name: Datum:

Endungen 2

Wortbausteine

- Zusammengesetzte Nomen: der Honig, das Glas → das Honigglas
- Wörter einer Wortfamilie haben den gleichen Wortstamm: abschreiben, er schreibt, das Schreibheft.
- Achte bei Verben (Tunwörtern) auf die Endung: ich gehe, du gehst, er geht, wir gehen.
- Achte auf Vorsilben und Nachsilben: verkaufen, aufschreiben, Äuglein, Stühlchen.

- Achte bei Verben (Tunwörtern) auf die Endung: ich gehe, du gehst, er geht, wir gehen.

○ **1** Ergänze die Endungen.

er koch t___	sie fähr___	du sag___
ich spiel___	sie les___	ich helf___
wir sitz___	ihr flieg___	es roll___

◒ **2** Setze die Verben passend ein.
Färbe die Endungen.

spielen | fahren | malen | singen | bauen

Wir singen gern lustige Lieder.

Oma und Opa ____________ oft Fahrrad.

Am Meer ____________ ich eine Sandburg.

Du ____________ mit Wasserfarben.

Emma ____________ im Garten.

● **3** Was machst du gern?
Schreibe Sätze.

B: S. 72 Nr. 3 z.B.
Ich lese gern.

Name: Datum:

→ WB S. 33

Vorsilben 1

Vorsilben verändern die Bedeutung eines Verbs:
verlassen, **ent**lassen; **be**laden, **ent**laden.

1 Bilde Verben.

ab- aus- vor- ver-

schreiben	geben	stellen
abschreiben		

2 Färbe die Vorsilben.

3 Setze das passende Verb ein.

Wer kann mir einen Stift ausgeben / aufgeben / abgeben ____________________?

Die Lehrerin will uns ein Eis ausgeben / aufgeben / abgeben ____________________.

Mein Zug wird pünktlich entkommen / bekommen / ankommen ____________________.

Gestern habe ich ein Geschenk entkommen / bekommen / ankommen ____________________.

4 Färbe die Vorsilben.

Name: Datum:

Vorsilben 2

1 Bilde Verben mit **ver-** und **vor-**.
Färbe die Vorsilben.

suchen	laufen	fahren	lesen
kaufen	kleiden	finden	zeigen

ver- : versuchen

vor- :

2 Schreibe Sätze mit den Verben mit **ver-**.

B: S. 74 Nr. 2 z. B.
Ich versuche ....

3 Setze **ver-** oder **vor-** ein.

Ich ________ rate dir ein Geheimnis.

Mehmet darf an der Tafel ________ rechnen.

Leider habe ich mich ________rechnet.

In den Ferien ________reisen wir.

Ich will am liebsten ________ rennen.

Du darfst ein Spielfeld ________ rücken.

Unser Foto ist im Bilderrahmen ________ rutscht.

Der Bauer ________kauft Obst und Gemüse.

4 Schreibe die Sätze ab.
Färbe wie im Beispiel.

B: S. 74 Nr. 4
Ich verrate ....

Name: Datum:

Vorsilben 3

1 Färbt die Vorsilben.
Was fällt euch auf?

Die Ärztin versucht Marc.

Wir untersuchen unsere Oma.

Ich will einen Kopfstand besuchen.

Julia möchte sich ein Buch absuchen.

Ich muss den Weg nach meinem Schlüssel aussuchen.

2 Schreibe die Sätze richtig auf.

B: S. 75 Nr. 2
Die Ärztin untersucht ...

3 Ergänze passend.

vor-	ein-	auf-	ab-	an-	aus-	er-	um-

eine Geschichte ______finden

das Geschirr ______waschen

ein Lied ______singen

früh ______wachen

das Licht ______schalten

ein Bild ______malen

eine Münze ______stecken

die Tür ______schließen

das Beet ______graben

den Luftballon ______blasen

spät ______schlafen

4 Vergleicht. Wo sind mehrere Lösungen möglich?

5 Suche Wortgruppen aus.
Schreibe Sätze.

B: S. 75 Nr. 5 z. B.
Paul erfindet eine Geschichte.

Name: Datum:

→ WB S. 34

Nachsilben

Mit den Nachsilben **-chen** und **-lein** bildest du Verkleinerungsformen von Nomen: das Bett – das Bett**chen**,
der Hase – das Häs**lein**.

1 Bilde die Verkleinerungsformen mit **-chen** oder **-lein**.

	der Stiefel	das Stiefelchen
	das Hemd	
	die Tür	
	der Hut	
	das Haus	
	die Hose	
	die Jacke	
	die Katze	
	die Blume	

2 Färbe die Nachsilben.

3 Unterstreicht die Artikel.
Was fällt euch auf?

4 Schreibe Sätze mit den Verkleinerungsformen.

Name: Datum:

Wortbausteine

Wortbausteine

- Zusammengesetzte Nomen:
  der Honig, das Glas → das Honigglas
- Wörter einer Wortfamilie haben den gleichen Wortstamm:
  abschreiben, er schreibt, das Schreibheft.
- Achte bei Verben (Tunwörtern) auf die Endung:
  ich gehe, du gehst, er geht, wir gehen.
- Achte auf Vorsilben und Nachsilben:
  verkaufen, aufschreiben, Äuglein, Stühlchen.

- Achte auf Vorsilben und Nachsilben:
  verkaufen, aufschreiben, Äuglein, Stühlchen.

1 Umrahme die Wortstämme.

besprechen	Brettchen	wegfliegen	Mäuschen
verschreiben	Äuglein	abfahren	Blümchen
anschauen	untersuchen	ausmalen	abbauen
Kindlein	Brieflein	auffangen	bekommen

2 Färbe die Vorsilben.

3 Färbe die Nachsilben **-chen** und **-lein**.

4 Setze die Verben mit passenden Vorsilben ein.

Hast du mein Briefchen ______________________ *(kommen)?*

Der Tierarzt will mein Kätzchen ______________________ *(suchen).*

Wollen wir mein neues Büchlein ______________________ *(schauen)?*

Das Vöglein kann schnell ______________________ *(fliegen).*

5 Färbe die Vorsilben.

6 Färbe die Nachsilben **-chen** und **-lein**.

Name: Datum:

Wörter üben

○ **1** Bilde zusammengesetzte Nomen.

der Regen / der Tag

der Bau / der Stein

das Wasser / die Farbe

der Würfel / das Spiel

○ **2** Ergänze die Personalformen.

malen – er ____________ – wir ____________

lesen – ich ____________ – ihr ____________

○ **3** Bilde die Verkleinerungsform mit **-chen**.

das Brett – ____________ das Haus – ____________

der Hund – ____________ die Nase – ____________

◒ **4** Übe den Zebratext.

Ein schöner Regentag
Timo baut mit Bausteinen ein Häuschen.
Jonas und Mama spielen ein Würfelspiel.
Jule bemalt mit Wasserfarben ein Brettchen.
Am Abend soll Papa ein Ritterbuch vorlesen.

der Stein das Spiel das Wasser das Brett malen lesen

Name: Datum:

Das kann ich schon

1 Ergänze passende Vorsilben.

Jule will ein Lied ________singen.

Tine hat sich ________schrieben.

Juri muss den Text ________schreiben.

Ben darf sich ein Spiel ________suchen.

Sofie darf heute nicht ________spielen.

2 Bilde die Verkleinerungsformen mit **-chen** oder **-lein**.

Der Zwerg schläft in seinem  ______________________.

Luisa malt viele kleine  ______________________.

Das  ______________________ liegt auf dem Sessel.

3 Färbe die Nachsilben.

4 Färbe jeweils den gemeinsamen Wortstamm.

Backförmchen	Schreibzeug	Regenwolke	eisig
sie schreibt	aufbacken	Regentag	ihr backt
Eisbär	regnerisch	Bäcker	Schreibheft
verschreiben	vereisen	Erdbeereis	regnen

5 Schreibe Wörter aus der Wortfamilie **rennen** auf.

Name: Datum:

Ableiten

Verwandte Wörter

1 Verbinde die verwandten Wörter.

der Zahn	täglich
das Blatt	er fährt
der Tag	blättern
das Rad	die Zähne
der Fahrer	die Räder

2 Färbe **a** und **ä**.

3 Schreibe die Wortpaare auf.

B: S. 80 Nr. 3
der Zahn – die Zähne

4 Verbinde die verwandten Wörter.

der Baum	der Käufer
laufen	bläulich
blau	vorläufig
kaufen	verträumt
der Traum	das Bäumchen

5 Färbe **au** und **äu**.

6 Schreibe die Wortpaare auf.

B: S. 80 Nr. 6
der Baum – das Bäumchen

Name: Datum:

→ WB S. 35

Wörter ableiten 1

Wörter mit **ä** oder **äu** kannst du meist von verwandten Wörtern mit **a** oder **au** ableiten:

es f ä/e llt – f**a**llen, also: es f**ä**llt,

sie l äu/eu ft – l**au**fen, also: sie l**äu**ft.

Gibt es kein verwandtes Wort mit **a** oder **au**, schreibst du meist **e** oder **eu**: das Br**e**tt, die **Eu**le.

1 Suche ein verwandtes Wort mit **a**.

st ä/e rker – stark, also: stärker

er schl ä/e ft – ________, also: ________

der Zw ä/e rg – *kein verwandtes Wort mit a*, also: ________

freih ä/e ndig – ________, also: ________

2 Färbe **a** und **ä**.

3 Schreibe die Wortpaare auf.

B: S. 81 Nr. 3
stark – stärker

4 Suche ein verwandtes Wort mit **au**.

der Verk äu/eu fer – kaufen, also: der Verkäufer

einr äu/eu men – ________, also: ________

br äu/eu nlich – ________, also: ________

das F äu/eu er – *kein verwandtes Wort mit au*, also: ________

5 Färbe **au** und **äu**.

6 Schreibe die Wortpaare auf.

B: S. 81 Nr. 6
kaufen – der Verkäufer

Name: Datum:

Wörter ableiten 2

1 Suche ein verwandtes Wort mit **a** oder **au**.

er f **ä/e** hrt – fahren, also: er fährt

der H **ä/e** lm – *kein verwandtes Wort mit a*, also: ______

du tr **ä/e** gst – ______, also: ______

das M **äu/eu** schen – ______, also: ______

die Z **äu/eu** ne – ______, also: ______

fr **äu/eu** ndlich – *kein verwandtes Wort mit au*, also: ______

2 Färbe **a/ä** und **au/äu**.

3 Übt die Wörter als Partnerdiktat.

4 Setze die Verben passend ein.

Mama ______ *(fahren)* gerne Fahrrad.

Sie ______ *(tragen)* immer einen Helm.

Ihr roter Helm ______ *(gefallen)* mir sehr gut.

Heute ______ *(schlafen)* Lea bei mir.

Nachts ______ *(träumen)* ich etwas Lustiges.

Im Traum ______ *(laufen)* Lea in der Wüste Ski.

5 Schreibe die Texte ab.

B: S. 82 Nr. 5
Mama fährt ...

Name: Datum:

Wörter ableiten 3

1 Ergänze **ä** oder **e**.

der B___rg z___hlen gl___nzen

er h___mmert die Pf___rde das Gew___sser

er f___ngt sie f___llt das Br___tt

2 Schreibe die Wortpaare mit **ä** und **a** auf.

B: S. 83 Nr. 2
zählen – die Zahl

3 Ergänze **Äu/äu** oder **Eu/eu**.

die ___le die Z___ne die B___le

die Tr___me die Fr___de das ___glein

das F___er die H___ser die L___se

4 Schreibe die Wortpaare mit **äu** und **au** auf.

B: S. 83 Nr. 4
die Zäune – der Zaun

5 Welches Wort ist richtig?
Erklärt und kreuzt an.

☐ lecherlich	☐ fremd	☐ krenklich	☐ Gertner
☐ lächerlich	☐ främd	☐ kränklich	☐ Gärtner
☐ heuslich	☐ breunlich	☐ neulich	☐ einzeunen
☐ häuslich	☐ bräunlich	☐ näulich	☐ einzäunen

Wörter ableiten 4

Ableiten

- Gibt es ein verwandtes Wort mit **a** oder **au**?

  er tr(ä/e)gt – tragen, also: er trägt

  die B(äu/eu)me – der Baum, also: die Bäume

- Gibt es kein verwandtes Wort mit **a** oder **au**, schreibst du meist **e** oder **eu**:

  lenken der Helm heulen die Beule.

1 Färbe die richtigen Buchstaben.

Hinter dem B(ä/e)rg beginnen große W(ä/e)lder.

Die Bl(ä/e)tter rauschen im Wind.

Ein Sp(ä/e)cht h(ä/e)mmert mit seinem Schnabel in den Stamm einer Eiche.

Auf einem Baum tr(äu/eu)mt eine (Äu/Eu)le.

Da l(äu/eu)ft ein J(ä/e)ger um die (Ä/E)cke.

(Ä/E)ste knacken unter seinen Füßen.

Die Vögel fliegen schn(ä/e)ll fort.

2 Schreibe die Wortpaare mit **a/ä** und **au/äu** auf.

B: S. 84 Nr. 2
Wald, also: Wälder

3 Suche Wörter mit **ä** oder **äu** in der Wörterliste. Schreibe Sätze mit den Wörtern.

B: S. 84 Nr. 3 z. B.
Die Äpfel sind reif.

Name: Datum:

Wörter üben

○ **1** Suche ein verwandtes Wort mit **a**.

t[ä/e]glich – ____________, also: ____________

der H[ä/e]lm – *kein verwandtes Wort mit a*, also: ____________

du tr[ä/e]gst – ____________, also: ____________

es gef[ä/e]llt – ____________, also: ____________

die R[ä/e]der – ____________, also: ____________

er f[ä/e]hrt – ____________, also: ____________

○ **2** Suche ein verwandtes Wort mit **au**.

die M[äu/eu]se – ____________, also: ____________

die Fr[äu/eu]nde – *kein verwandtes Wort mit au*, also: ____________

er l[äu/eu]ft – ____________, also: ____________

der K[äu/eu]fer – ____________, also: ____________

◒ **3** Übe den Zebratext.

Der Helm

Tom fährt täglich zu seinem Freund.
Er trägt seinen neuen Helm.
Auf dem Helm sind lustige Mäuse.
Er gefällt ihm sehr gut.
Sie fahren mit den Rädern zum Sport.

das Rad | der Helm | der Freund | fahren | gefallen | täglich

Name: Datum:

Das kann ich schon

○ **1** Ergänze die Mehrzahl.

das Rad – ____________ der Helm – ____________

der Zahn – ____________ der Garten – ____________

das Haus – ____________ der Freund – ____________

○ **2** Setze die Verben passend ein.

Wann ____________ *(fahren)* der Bus ab?

Mama ____________ *(tragen)* meine kleine Schwester.

Wie ____________ *(gefallen)* dir meine neue Hose?

Wann ____________ *(fangen)* der Herbst an?

Leon ____________ *(laufen)* mit Lina um die Wette.

◒ **3** Immer drei Wörter gehören zu einer Wortfamilie.
Färbe jeweils den gemeinsamen Wortstamm

tragen	rauben	kalt	Traum
sie trägt	Hosenträger	Räuber	räuberisch
kälter	Kälte	er träumt	verträumt

○ **4** Schreibe die Wortfamilien geordnet auf.

Name: Datum:

Nachschlagen

Das Abc (Alphabet)

1 Verbinde das Abc jeweils in der richtigen Reihenfolge.

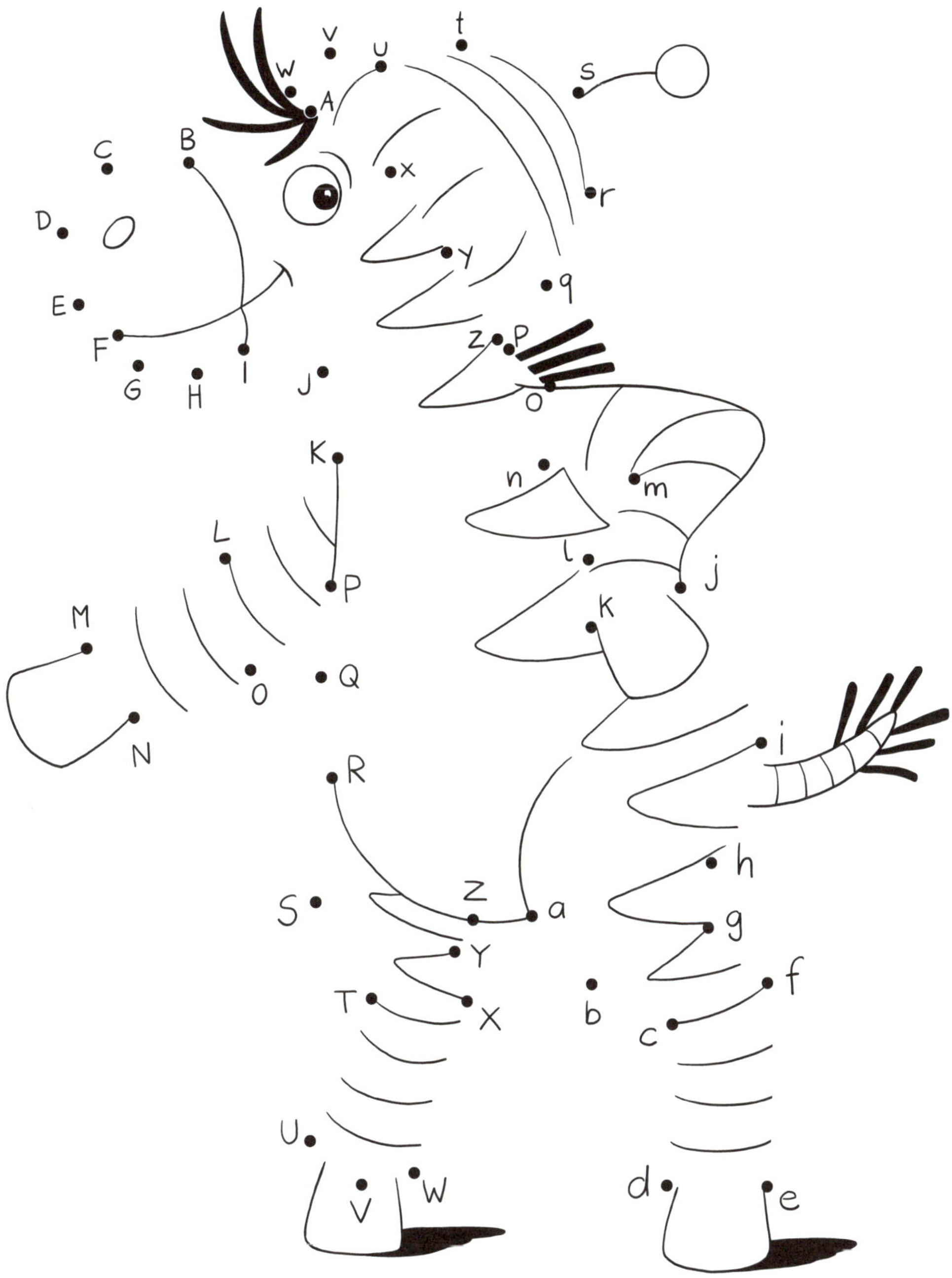

2 Streiche alle Buchstaben, die nicht in der richtigen Reihenfolge stehen.

A B Z C D E G F G H R I J K A L M E N O P B Q T R S T U V H W U X Y Z

a b c m d e f q g h i j b k l m n r o a p q z r s d t u b v w x c y z

Name: Datum:

Das Abc: Anfang – Mitte – Ende

Nachschlagen

- Schlage schwierige Wörter nach.
- Lies den ersten Buchstaben: Kind.
  Steht er im Abc (Alphabet) am Anfang, in der Mitte oder am Ende?

ABCDEFGH IJKLMNOP QRSTUVWXYZ
Anfang Mitte Ende

- Wenn der erste Buchstabe gleich ist, suche nach dem zweiten Buchstaben:
  Kerze Kind Klasse.

Nachschlagen

- Schlage schwierige Wörter nach.
- Lies den ersten Buchstaben: Kind.
  Steht er im Abc (Alphabet) am Anfang, in der Mitte oder am Ende?

ABCDEFGH	IJKLMNOP	QRSTUVWXYZ
Anfang	Mitte	Ende

○ **1** Ergänze das Abc.

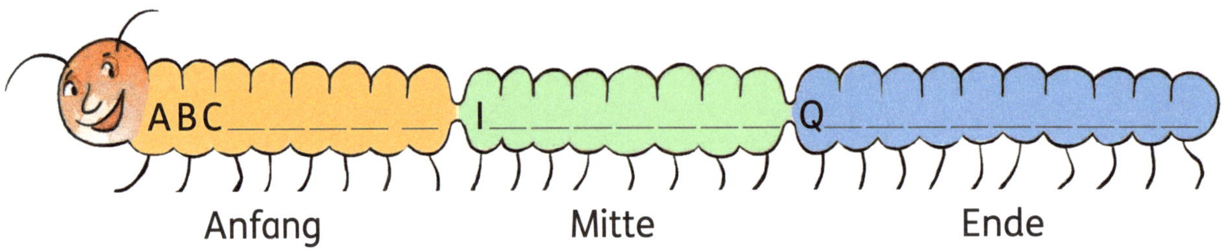

○ **2** Sprecht die drei Teile mehrfach im Wechsel.

○ **3** Trage die fehlenden Buchstaben ein.

A	
B	
C	Chamäleon
	Dachs
	Giraffe
H	

I	
	Jaguar
	Nashorn
	Orang-Utan
P	

Q	
	Uhu
	Yak
Z	

◒ **4** Ergänze Tiere aus der Wörterliste.

Name: Datum:

Nach dem ersten Buchstaben ordnen

○ **1** Färbe jeweils den ersten Buchstaben. Schreibe ihn in das Kästchen.

Herbst	Jahr	Abend	Ferien	Nacht	März
H					

◒ **2** Ordne die ersten Buchstaben nach dem Abc.

A					

◒ **3** Ordne die Wörter nach dem Abc.

◒ **4** Färbe jeweils den ersten Buchstaben. Ordne nach dem Abc.

Banane Apfel Weintraube Kiwi Erdbeere

◒ **5** Ordne die Namen nach dem Abc.

Name: Datum:

Nach dem zweiten und dritten Buchstaben ordnen

Nachschlagen

- Schlage schwierige Wörter nach.
- Lies den ersten Buchstaben: Kind.
  Steht er im Abc (Alphabet) am Anfang, in der Mitte oder am Ende?

ABCDEFGH	IJKLMNOP	QRSTUVWXYZ
Anfang	Mitte	Ende

- Wenn der erste Buchstabe gleich ist, suche nach dem zweiten Buchstaben:
  Kerze Kind Klasse.

- Wenn der erste Buchstabe gleich ist, suche nach dem zweiten Buchstaben:
  Kerze Kind Klasse.

○ **1** Färbe jeweils den zweiten Buchstaben.

Zahn 1 | zwei | Zeit | Zoo | Ziel | zuerst

◒ **2** Nummeriere nach dem Abc.

◒ **3** Färbe jeweils den dritten Buchstaben.
Nummeriere nach dem Abc.

Banane		Zeugnis		Pfund	
Baby	1	Zebra		Pfanne	
baden	2	Zeit		Pfote	
Baum		Zelt		Pflaume	
basteln		zehn		Pferd	

◒ **4** Suche in der Wörterliste die zwölf Monatsnamen.
Schreibe sie auf Karten.
Ordne diese nach dem Abc.

◒ **5** Ordne die Monate nach dem Jahreslauf.

→ WB S. 36

In der Wörterliste nachschlagen 1

In der Wörterliste sind Wörter nach dem Abc geordnet.
Nachschlagen hilft dir beim richtigen Schreiben.

○ **1** Suche jeweils das erste und das letzte Wort auf Seite 110.

Al/al: alle ______ alt ______

Au/au: ______ ______

Be/be: ______ ______

Bi/bi: ______ ______

◒ **2** Welches Wort steht in der Wörterliste darunter?
Schreibe es unter das Wort.

Tier	König	neun	lernen
Tiger	______	______	______
Idee	Schiff	ihr	winken
______	______	______	______
Dose	Fliege	alt	hier
______	______	______	______

◒ **3** Nenne ein Wort aus der Wörterliste.
Dein Partner nennt das Wort
darüber und darunter.

Name: Datum:

→ WB S. 36

In der Wörterliste nachschlagen 2

Die Wörterliste ist wie eine Tabelle aufgebaut.
In einer **Spalte** stehen die Wörter untereinander.

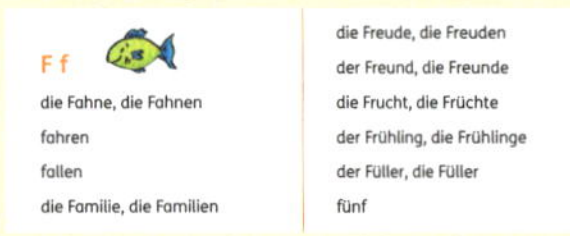
Ff
die Fahne, die Fahnen
fahren
fallen
die Familie, die Familien
die Freude, die Freuden
der Freund, die Freunde
die Frucht, die Früchte
der Frühling, die Frühlinge
der Füller, die Füller
fünf

In einer **Zeile** stehen die Wörter nebeneinander.

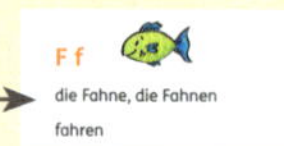
Ff
die Fahne, die Fahnen
fahren

1 Suche jeweils das erste und das letzte Wort in der Wörterliste. Ergänze die Tabelle.

	erstes Wort	Seite	Spalte	Zeile	letztes Wort	Seite	Spalte	Zeile
F	Fahne	112	1	11	Fuß			
I								
L								
H								
S								
C								

2 Ergänze die fehlenden Wörter.

Im ______________ (S. 120, Spalte 1, Zeile 12) gibt es
häufig ______________ (S. 117, Spalte 2, Zeile 15).

Die ______________ (S. 115, Spalte 2, Zeile 3) singen
im ______________ (S. 111, Spalte 1, Zeile 21).

Das ______________ (S. 114, Spalte 1, Zeile 12) hat
zwölf ______________ (S. 115, Spalte 2, Zeile 16).

3 Schreibe weitere Rätsel. Dein Partner löst sie.

Name: Datum:

→ WB S. 37

Zusammengesetzte Nomen nachschlagen

Zusammengesetzte Nomen musst du oft zerlegen und dann einzeln nachschlagen: Nudel/suppe → Nudel und Suppe.

1 Schlage die Wörter nach. Bilde das zusammengesetzte Nomen.

Obst (S.) Salat (S.) : Obstsalat

(S.) (S.) :

(S.) (S.) :

(S.) (S.) :

(S.) (S.) :

2 Welches Wort steht in der Wörterliste darüber?
Schreibe es über das Wort. Bilde zusammengesetzte Nomen.

Zoo	Tier	→
Zug	Tiger	
		→
aber	Sonntag	
		→
geben	Bär	
		→
April	Kuss	
		→
finden	Rad	

3 Schreibe Sätze mit den Wörtern.

→ WB S. 38

Besondere Wortformen nachschlagen

Schlage die Mehrzahl von Nomen in der Einzahl nach:
viele **Späße** → der **Spaß**.
Schlage Adjektive in der Grundform nach:
ein **schönes** Haus → **schön**.

1 Welche Wörter schlägst du nach?

fleißige Kinder		schnelle Boote	
fleißig	Kind	______	______
(S. ______)	(S. ______)	(S. ______)	(S. ______)

süße Tees		mutige Freunde	
______	______	______	______
(S. ______)	(S. ______)	(S. ______)	(S. ______)

große Vulkane		heiße Öfen	
______	______	______	______
(S. ______)	(S. ______)	(S. ______)	(S. ______)

Schlage Verben in der Grundform nach:
er **zieht** → **ziehen**.

2 Welches Wort schlägst du nach?

sie fliegt	es passt	er spricht	du rennst
↓	↓	↓	↓
fliegen	______	______	______
(S. ______)	(S. ______)	(S. ______)	(S. ______)

Name: Datum:

→ WB S. 39

Schwierige Wörter nachschlagen

Einige Wörter schreibst du anders, als du sie sprichst. Schlage an verschiedenen Stellen nach.

Wie schreibt man

?

Kor spreche ich. Ich suche unter K im Wörterbuch.

Kor?

Dort finde ich es nicht.

Manchmal wird auch Ch statt K geschrieben. Ich schlage bei Ch nach.

Chor!

○ **1** Welches Wort erscheint dir richtig? Unterstreiche es.

 fir vier fier ________ S.

 Fanne Vanne Pfanne ________ S.

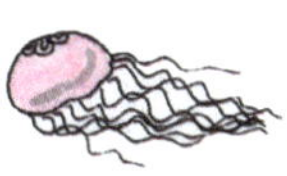 Kwale Qualle Quale ________ S.

 Fahne Faane Vane ________ S.

◒ **2** Schlage nach.
Schreibe jeweils das richtige Wort daneben.

◒ **3** Schlage nach. Schreibe die Wörter auf.

Name: Datum:

Wörter üben

○ **1** Schlage die Wörter nach. Bilde das zusammengesetzte Nomen.

 ______ (S.) ______ (S.): ______

 ______ (S.) ______ (S.): ______

○ **2** Welche Wörter musst du nachschlagen?

tolle Geburtstage

______ ______

(S. ______) (S. ______)

viele Grüße

______ ______

(S. ______) (S. ______)

○ **3** Welches Wort musst du nachschlagen?

es gibt	er schickt	sie bringt	du sitzt
______	______	______	______
(S. ______)	(S. ______)	(S. ______)	(S. ______)

◒ **4** Übe den Zebratext.

Toms Geburtstag
Heute feiert Tom Geburtstag.
Opa schickt ihm ein Paket mit vielen Grüßen.
Die Gäste bringen tolle Geschenke mit.
Tom freut sich besonders über die Sonnenbrille.
Alle sitzen im Garten. Es gibt Erdbeertorte.

der Geburtstag die Erdbeere die Brille die Grüße schicken sitzen

Name: Datum:

Das kann ich schon

1 Welche Buchstaben stehen im Abc davor und dahinter?

	T			G			P			N	
	X			L			R			D	

2 Nummeriere nach dem Abc.
Schreibe die Wörter geordnet auf.

Computer ☐ Quadrat ☐ Ferien ☐ Meer ☐ Klavier ☐

3 Nummeriere nach dem Abc.
Schreibe die Wörter geordnet auf.

Tablet ☐ Tafel ☐ Tasse ☐ Tag ☐ Tanne ☐

4 Suche jeweils das erste und das letzte Wort in der Wörterliste.
Ergänze die Tabelle.

	erstes Wort	Seite	Spalte	Zeile	letztes Wort	Seite	Spalte	Zeile
K								
R								

Name:

Datum:

Merkwörter

→ WB S. 40

Merkwörter üben

Merkwörter kannst du nicht mit den Tippkarten erklären.
Du musst sie regelmäßig üben.

Merkwörter abschreiben

1 Sprich das Wort deutlich. Schwinge die Silben.

2 Merke dir schwierige Stellen.

3 Schreibe das Wort auswendig auf.

4 Vergleiche. Verbessere Fehler.

Merkwörter üben

Wörter mit ß

Fuß	süß
Straße	groß
Grüße	weiß
Spaß	heißen

Sammle die Merkwörter auf den Seiten 106 und 107.
Färbe schwierige Stellen.

der Fuß
die Füße

heißen
er heißt

weiß
der weiße Kater

Schreibe jedes Merkwort auf eine Karte.
Färbe schwierige Stellen.
Lege damit eine Übungskartei an.

→ WB S. 40

Merkwörter mit aa, ee, oo

Alle Wörter mit doppeltem Selbstlaut sind Merkwörter.
Du sprichst **aa**, **ee** und **oo** immer lang.

○ **1** Sprecht die Wörter deutlich.

Tee	Haare	Moos	Meer	Idee
Schnee	Boot	Fee	See	Beeren

○ **2** Färbe die doppelten Selbstlaute.

◒ **3** Setze die Wörter ein.

Die kleine  ___ ___ ___ wäre gerne am  ___ ___ ___ ___.

Aber das ist zu weit weg. Da hat sie eine  ___ ___ ___ ___!

Sie fliegt zum  ___ ___ ___ und setzt sich ins  ___ ___ ___ ___.

Dort trinkt sie  ___ ___ ___ und isst  ___ ___ ___ ___ ___ ___.

Auf den Bergen liegt noch etwas 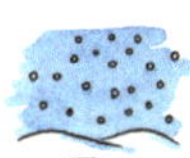 ___ ___ ___ ___ ___ ___.

Später fährt sie mit dem  ___ ___ ___ ___.

◒ **4** Suche dir fünf Wörter aus.
Schreibe Sätze.

○ **5** Lest euch die Sätze gegenseitig vor.

○ **6** Sammle die Wörter mit **aa**, **ee**, **oo** auf Seite 106.

Name: Datum:

→ WB S. 41

Im, in und ihm, ihn, ihr

Die Wörter **im** und **in** verweisen oft auf Orte:
Wo lernt Jana? Jana lernt **in** der Schule.

1 Schreibe Antworten mit **im** oder **in**.

Wo spielt Lisa?

Lisa spielt

Wohin geht die Familie?

____

Ihm, **ihn** und **ihr** stehen für Nomen:
Nina ruft Kai. Sie ruft **ihn**.

2 Setze **ihm**, **ihn** oder **ihr** ein. Färbe **ih**.

Sarah erzählt. Luca hört ____________ zu.

Julian klingelt. Opa öffnet ____________ die Tür.

Franz ist traurig. Mia tröstet ____________.

3 Setze **im**, **in**, **ihm** oder **ihn** ein.

Der Unterricht beginnt. Alle sind ____________ Klassenzimmer.

Lasse versteht die Aufgabe nicht. Kevin hilft ____________.

Tom redet. Die Lehrerin ermahnt ____________.

Jule räumt auf. Sie packt das Buch ____________ den Ranzen.

4 Sammle die Wörter mit **ih** auf Seite 106.

→ WB S. 42

Merkwörter mit ä

Einige Wörter mit **ä** haben kein verwandtes Wort mit **a**.
Sie sind Merkwörter: S**ä**ge, K**ä**se.

1 Löse das Rätsel. Färbe **ä**.

1. Ein Monat im Frühling:					1.	M	Ä	R	Z	
2. Der Hamster sitzt im ...				2.	K					
3. Ein großes Tier, das Honig mag:			3.							
4. Nicht gerade, sondern ...				4.	S	C	H	R		G
5. Junge oder ...	5.									
6. Ein Krabbeltier:		6.	K							
						N				

2 Schreibe Sätze mit den Wörtern.

3 Schreibe die Wörter auf Karten. Ordne sie nach dem Abc.

Säge	Träne	Lärm
Käse	Käfig	Käfer
Märchen	März	Mädchen

4 Übt die Wörter als Partnerdiktat.

5 Sammle die Wörter mit **ä** auf Seite 106.

Name: Datum:

→ WB S. 42

Merkwörter mit ß

Nur nach einem langen Selbstlaut, Umlaut oder Zwielaut kann **ß** stehen: Viele Grü**ß**e!

○ **1** Färbe **ß**.

groß	Straße	Fuß	süß	fleißig
Spaß	Grüße	heißen	Floß	weiß

◒ **2** Markiere den langen Laut vor **ß**.

◒ **3** Setze die Wörter ein.

Das Gegenteil von klein ist ______________.

Wir lernen ______________.

Schnee ist ______________.

Autos fahren auf der ______________.

Mein ______________ tut mir weh.

Zucker ist ______________.

Baden macht ______________.

Franz fährt mit dem ______________.

Ich sende dir viele ______________.

Entenkinder ______________ Küken.

◒ **4** Suche dir fünf Wörter aus.
Schreibe Sätze.

○ **5** Sammle die Wörter mit **ß** auf Seite 107.

→ WB S. 43

Merkwörter mit V/v

V/v klingt manchmal wie **f** und manchmal wie **w**.
Du kannst nicht hören, wie die Wörter geschrieben werden.
Du musst sie dir merken.

1 Wie klingt **V/v**? Färbe wie im Beispiel.

Vogel | Vase | vier | voll | Klavier

V/v klingt wie f

V/v klingt wie w

Vater | Lava | von | viel | Vulkan | Vampir

2 Schreibe die Wörter geordnet auf.

3 Suche dir fünf Wörter aus.
Schreibe Sätze.

B: S. 103 Nr. 2
V/v klingt wie f: Vogel

4 Setze **vom**, **von** oder **vor** richtig ein.

Meinen Vogel habe ich __________ Verena bekommen.

Vater wartet __________ der Schule.

__________ dem Essen sollst du die Hände waschen.

__________ vielen Toben bin ich müde.

Ilja erwartet einen Brief __________ Esra.

Franz hilft mir __________ Klettergerüst herunter.

5 Sammle die Wörter mit **V/v** auf Seite 107.

Name:

Datum:

→ WB S. 44

Merkwörter mit Ver-/ver- und Vor-/vor-

Merke dir die Vorsilben **Ver-/ver-** und **Vor-/vor-**.
Du musst sie immer mit **V/v** schreiben.

○ **1** Bilde Wörter. Verbinde.

Ver-	name	ver-	sprechen
Vor-	bild	vor-	fahren
	kauf		machen

◒ **2** Schreibe Sätze mit den Wörtern.

B: S. 104 Nr. 2 z.B.
Mein Vorname ist ...

◒ **3** Setze **Ver-/ver-** und **Vor-/vor-** richtig ein.

Franz ist ______liebt.

Ich habe mich ______laufen.

Lina zieht den ______hang zu.

Die Kinder bauen sich ein ______steck.

Opa hat eine ______letzung am Bein.

Soll ich dir ein Geheimnis ______raten?

Der Arzt legt einen ______band an.

Hier ist aber viel ______kehr. Fahr ______sichtig!

● **4** Suche Verben aus der Wörterliste,
die du mit **vor-** zusammensetzen kannst.

B: S. 104 Nr. 4 z.B.
schreiben – vorschreiben

→ WB S. 45

Fremdwörter

Fremdwörter stammen aus anderen Sprachen.
Sie sind Merkwörter.

○ **1** Welches Wort gehört zu welchem Bild?
Trage die richtigen Ziffern ein.

- ☐ die Jeans
- ☐ das Tablet
- ☐ das Baby
- ☐ der Computer
- ☐ das T-Shirt
- ☐ das Skateboard
- ☐ die Pizza
- ☐ die E-Mail

◒ **2** Setze die Wörter ein.

Jan trägt heute eine ____________ und ein ____________.

Er fährt mit seinem ____________.

Seine Mutter schiebt das ____________ im Kinderwagen nebenher.

Zum Geburtstag bekommt Anna ein neues ____________.

Ihr alter ____________ war viel zu langsam.

Anna schreibt ihrer Freundin eine ____________.

Sie lädt sie zur ____________ ein.

○ **3** Sammle die Fremdwörter auf Seite 107.

Name: Datum:

Meine Merkwörter 1

In dieser Liste kannst du Merkwörter sammeln.
Ergänze sie mit eigenen Merkwörtern.

Wörter mit **aa**, **ee**, **oo**:

Wörter mit **ih**:

Wörter mit **ä** ohne verwandtes Wort mit a:

Meine Merkwörter 2

Wörter mit **ß**:

Wörter mit **V/v**:

Fremdwörter:

Name: Datum:

Wörter üben

○ **1** Ergänze **aa**, **ee** oder **oo**.

B___t M___s H___re B___t S___

B___re T___ Id___ F___ M___r

M___r Schn___ Z___ Kl___

◒ **2** Klingt der markierte Laut kurz oder lang?
Ergänze **ß** oder **ss**.

hei___ Flu___ wei___ flei___ig Ku___ gro___

Flo___ Ta___e Gru___ sü___ Spa___ na___

○ **3** Schreibe die Wörter auf.

 ___________  ___________  ___________

◒ **4** Übe den Zebratext.

Ein heißer Tag
Die Familie ist am See.
Das Mädchen sitzt im Moos.
Es liest ein Buch über eine Fee.
Die Mutter fährt mit dem Boot.
Der Junge beobachtet einen großen Käfer.
Da kommt Regen auf und alle werden nass.

der See das Boot das Moos der Käfer das Mädchen groß heiß

Das kann ich schon

1 Setze die Wörter ein.

großer	fleißig	Straße	süßen

Der Kirschbaum

Neben der __________ steht

ein __________ Kirschbaum.

Die __________ Kirschen sind reif.

Alle Kinder helfen __________ bei der Ernte.

Klavier	Vase	Vater	Vogel	von

Zu Hause

Oma stellt frische Blumen in eine __________.

Timo übt Lieder auf seinem __________.

Leni füttert ihren __________.

Mutter kommt __________ der Arbeit.

__________ gibt ihr einen Kuss.

im	in	ihm	ihn	ihr

Das Baumhaus

Lukas ist ______ Garten.

______ ist langweilig.

Hannah besucht ______.

Sie möchte ______ das Baumhaus klettern.

Lukas soll ______ helfen.

2 Übe einen der Texte als Schleichdiktat.

Wörterliste

A a

der Abend, die Abende

aber

acht

der Affe, die Affen

alle

alles

als

alt

am

die Ampel, die Ampeln

die Angst, die Ängste

der Apfel, die Äpfel

der April

arbeiten

der Ast, die Äste

auf

die Aufgabe, die Aufgaben

das Auge, die Augen

der August

aus

das Auto, die Autos

B b

das Baby, die Babys

backen

baden

der Ball, die Bälle

die Bank, die Bänke

der Bär, die Bären

bauen

der Baum, die Bäume

die Beere, die Beeren

das Beet, die Beete

das Bein, die Beine

der Berg, die Berge

das Bett, die Betten

die Beule, die Beulen

die Biene, die Bienen

das Bild, die Bilder

die Birne, die Birnen

bitten

das Blatt, die Blätter

blau

bleiben

der Blitz, die Blitze

die Blume, die Blumen

blühen

die Blüte, die Blüten

der Boden, die Böden

das Boot, die Boote

böse

braun

breit

das Brett, die Bretter

der Brief, die Briefe

die Brille, die Brillen

bringen

das Brot, die Brote

der Bruder, die Brüder

die Brücke, die Brücken

das Buch, die Bücher

bunt

der Busch, die Büsche

die Butter

C c

das Chaos

der Chef, die Chefs

der Chor, die Chöre

der Clown, die Clowns

der Computer, die Computer

D d

da

das

das Dach, die Dächer

der

der Dezember

die

der Dieb, die Diebe

der Dienstag, die Dienstage

doch

der Donnerstag, die Donnerstage

die Dose, die Dosen

der Drachen, die Drachen

drei

durch

E e

die Ecke, die Ecken

das Ei, die Eier

der Eimer, die Eimer

ein, eine, eins

der Elefant, die Elefanten

elf

die Eltern

die E-Mail, die E-Mails

der Engel, die Engel

der Enkel, die Enkel

die Ente, die Enten

die Erdbeere, die Erdbeeren

essen

euch

die Eule, die Eulen

der Euro, die Euros

F f

die Fahne, die Fahnen

fahren

fallen

die Familie, die Familien

fangen

die Farbe, die Farben

der Februar

die Fee, die Feen

das Feld, die Felder

das Fenster, die Fenster

die Ferien

das Feuer, die Feuer

finden

der Fisch, die Fische

fleißig

die Fliege, die Fliegen

fliegen

das Floß, die Flöße

der Flügel, die Flügel

der Fluss, die Flüsse

fragen

die Frau, die Frauen

der Freitag, die Freitage

fremd

die Freude, die Freuden

der Freund, die Freunde

die Frucht, die Früchte

der Frühling, die Frühlinge

der Füller, die Füller

fünf

der Fuß, die Füße

G g

die Gabel, die Gabeln

der Garten, die Gärten

geben

der Geburtstag, die Geburtstage

das Gedicht, die Gedichte

gefallen

gehen

gelb

das Geld, die Gelder

das Gemüse, die Gemüse

das Geschenk, die Geschenke

gesund

der Glanz

das Glas, die Gläser

die Glocke, die Glocken

das Grab, die Gräber

das Gras, die Gräser

groß

grün

der Gruß, die Grüße

gut

H h

das Haar, die Haare

haben

der Hafen, die Häfen

der Hafer

halten

der Hammer, die Hämmer

die Hand, die Hände

das Handy, die Handys

hart

der Hase, die Hasen

das Haus, die Häuser

heben

das Heft, die Hefte

heiß

heißen

helfen

hell

der Helm, die Helme

das Hemd, die Hemden

der Herbst, die Herbste

der Herr, die Herren

heute

hier

der Himmel, die Himmel

hören

die Hose, die Hosen

der Hund, die Hunde

hupen

der Hut, die Hüte

I i

die Idee, die Ideen

der Igel, die Igel

ihm, ihn, ihr

im

immer

in

J j

die Jacke, die Jacken

der Januar

jagen

das Jahr, die Jahre

die Jeans, die Jeans

der Juli

der Junge, die Jungen

der Juni

K k

der Käfer, die Käfer

der Käfig, die Käfige

das Kalb, die Kälber

der Kalender, die Kalender

kalt

die Kanne, die Kannen

der Käse

die Katze, die Katzen

kaufen

die Kerze, die Kerzen

das Kind, die Kinder

die Klasse, die Klassen

das Klavier, die Klaviere

der Klee

das Kleid, die Kleider

klein

klug

kochen

kommen

der König, die Könige

können

der Kopf, die Köpfe

der Korb, die Körbe

krank

der Kuchen, die Kuchen

der Kuss, die Küsse

L l

lachen

die Lampe, die Lampen

das Land, die Länder

lang

der Lärm

laufen

die Laus, die Läuse

laut

leben

legen

der Lehrer, die Lehrer

leicht

leise

die Leiter, die Leitern

lernen

lesen

die Leute

das Lexikon, die Lexika

das Licht, die Lichter

lieb

lieben

das Lied, die Lieder

liegen

die Lippe, die Lippen

der Löffel, die Löffel

der Löwe, die Löwen

M m

machen

das Mädchen, die Mädchen

der Mai

malen

die Mama, die Mamas

der Mann, die Männer

das Märchen, die Märchen

der März

die Maus, die Mäuse

das Meer, die Meere

mein, meine

das Messer, die Messer

die Milch

der Mittwoch, die Mittwoche

der Monat, die Monate

der Montag, die Montage

das Moor, die Moore

das Moos, die Moose

morgen

der Mund, die Münder

mutig

die Mutter, die Mütter

N n

nach

die Nacht, die Nächte

der Name, die Namen

die Nase, die Nasen

nass

der Nebel

nehmen

neu

neun

nicht, nichts

nie

der November

die Nudel, die Nudeln

nun

die Nuss, die Nüsse

O o

das Obst

der Ofen, die Öfen

das Ohr, die Ohren

der Oktober

die Oma, die Omas

der Onkel, die Onkel

der Opa, die Opas

das Ostern

P p

das Paket, die Pakete

der Papa, die Papas

das Papier, die Papiere

passen

die Pfanne, die Pfannen

das Pferd, die Pferde

pflegen

der Pinsel, die Pinsel

die Pizza, die Pizzen

plötzlich

die Puppe, die Puppen

Q q

quaken

das Quadrat, die Quadrate

die Qualle, die Quallen

R r

das Rad, die Räder

die Rakete, die Raketen

raten

der Raum, die Räume

die Raupe, die Raupen

rechnen

reden

die Regel, die Regeln

der Regen

regnen

reisen

reiten

rennen

der Ring, die Ringe

der Rock, die Röcke

rollen

die Rose, die Rosen

rot

rufen

rund

S s

sagen

die Säge, die Sägen

der Salat, die Salate

der Samstag, die Samstage

der Sand, die Sande

der Satz, die Sätze

die Schaukel, die Schaukeln

scheinen

die Schere, die Scheren

schicken

das Schiff, die Schiffe

schlafen

schlagen

schlank

das Schloss, die Schlösser

der Schlüssel, die Schlüssel

schmecken

der Schmetterling, die Schmetter-
linge

der Schnee

schneiden

schnell

schon

schön

schräg

der Schrank, die Schränke

schreiben

die Schule, die Schulen

die Schüssel, die Schüsseln

schwarz

das Schwein, die Schweine

die Schwester, die Schwestern

schwimmen

sechs

der See, die Seen

sehen

die Seife, die Seifen

der September

der Sessel, die Sessel

das Sieb, die Siebe

sieben

singen

sinken

sitzen

das Skateboard, die Skateboards

das Sofa, die Sofas

der Sohn, die Söhne

sollen

der Sommer, die Sommer

die Sonne, die Sonnen

der Sonntag, die Sonntage

der Spaß, die Späße

der Specht, die Spechte

das Spiel, die Spiele

spielen

die Spinne, die Spinnen

der Sport

sprechen

springen

der Stab, die Stäbe

stark

stehen

der Stein, die Steine

stellen

der Stiefel, die Stiefel

der Stift, die Stifte

die Straße, die Straßen

suchen

die Suppe, die Suppen

süß

T t

das Tablet, die Tablets

die Tafel, die Tafeln

der Tag, die Tage

die Tanne, die Tannen

die Tante, die Tanten

die Tasche, die Taschen

die Tasse, die Tassen

der Teddy, die Teddys

der Tee, die Tees

das Telefon, die Telefone

der Teller, die Teller

das Thermometer, die Thermometer

das Tier, die Tiere

der Tiger, die Tiger

der Tisch, die Tische

die Tochter, die Töchter

toll

der Topf, die Töpfe

die Torte, die Torten

tragen

die Träne, die Tränen

der Traum, die Träume

die Treppe, die Treppen

trinken

das T-Shirt, die T-Shirts

die Tür, die Türen

der Turm, die Türme

turnen

der Typ, die Typen

U u

üben

über

die Uhr, die Uhren

der Urlaub, die Urlaube

V v

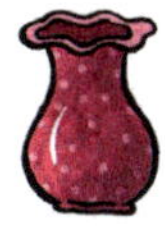

die Vase, die Vasen

der Vater, die Väter

viel

der Verkehr

vier

der Vogel, die Vögel

voll

vom, von

vor

der Vulkan, die Vulkane

W w

der Wal, die Wale

der Wald, die Wälder

wann

warum

was

waschen

das Wasser

der Weg, die Wege

das Weihnachten

weinen

weiß

weit

das Werk, die Werke

das Wetter, die Wetter

wichtig

wie

wieder

die Wiese, die Wiesen

wild

der Wind, die Winde

winken

der Winter, die Winter

wo

wohnen

die Wolke, die Wolken

wollen

das Wort, die Wörter

wünschen

der Würfel, die Würfel

Z z

die Zahl, die Zahlen

der Zahn, die Zähne

die Zange, die Zangen

der Zaun, die Zäune

das Zebra, die Zebras

zehn

zeigen

die Zeit, die Zeiten

das Zelt, die Zelte

die Ziege, die Ziegen

der Ziegel, die Ziegel

das Ziel, die Ziele

das Zimmer, die Zimmer

der Zoo, die Zoos

der Zug, die Züge

zum

zwei

der Zwerg, die Zwerge

zwölf